THE
MERCHANT
OF VENICE

베니스의 상인

WILLIAM

윌리엄·셰익스피어 지음
이태주 옮김

SHAKE-

msg

SPEARE

베니스의 상인

초판 1쇄 인쇄 · 2022년 4월 25일
초판 1쇄 발행 · 2022년 5월 3일

지은이 · 윌리엄 셰익스피어
옮긴이 · 이태주
펴낸이 · 김화정
펴낸곳 · 푸른생각

편집 · 지순이 | 교정 · 김수란, 노현정 | 마케팅 · 한정규
등록 · 제310-2004-00019호
주소 · 서울시 마포구 토정로 222 한국출판콘텐츠 402호
대표전화 · 02) 2268-8707
이메일 · prun21c@hanmail.net / prunsasang@naver.com
홈페이지 · http://www.prun21c.com

ⓒ 이태주, 2022

ISBN 979-11-92149-13-4   03840
값 18,000원

문득 폴란드의 셰익스피어 학자 얀 코트(Jan Kott)가 생각난다. 그는 『셰익스피어는 우리들의 동시대인』이라는 책을 써서 전 세계 연극인들과 셰익스피어 전문가들을 놀라게 한 사람이다. 〈리어 왕〉과 〈한여름 밤의 꿈〉의 실험적인 무대를 만들어서 현대 연극사에 새 장을 연 영국의 연출가 피터 브룩의 업적도 얀 코트의 이론적 뒷받침이 없었으면 불가능했다. 얀 코트는 뭐니 뭐니 해도 방대하고 웅장하고 어려워서 접근하기 힘들어 보이는 세계문화의 유산 셰익스피어를 우리 곁으로 가깝게 끌어온 재능 때문에 그 빛나는 공로를 인정받고 있다. 그는 셰익스피어를 우리 동네 옆집 아저씨처럼 친근감을 느끼도록 만들어주었다.

그가 한국에 온 적이 있다. 그는 딱딱한 학술 강연보다는 우리나라 남대문시장을 더 좋아했다. 남대문시장의 사람들, 활력, 그 벌거벗은 삶의 소용돌이에 도취되어 떠날 줄 몰랐다. 셰익스피어가 다룬 드라마는 그의 눈으로 볼 때에는 언제나 국경을 초월해서 우리 주변에 손에 잡힐 듯이 깔려 있었다. 그가 한 말 가운데서 흥미로운 것은 빅토르 위고에 관한 것이다.

프랑스의 대문호인 위고는 1850년대 말 채널 아일랜드에 유배당한 적이 있다. 위고는 아들과 함께 어느 겨울날 바닷가를 걷고 있었다. 그는 암담한 심정이었다. 아들도 절망적이었다. 아들이 아버지에게 "이번 유배를 어떻게 생각하세요?"라고 묻자 위고는 대답했다. "오래 걸릴 것이다." 침묵이 흘렀다. "어떻게 지내시겠어요?" 아들의 질문이다. "바다를 보면서 지내겠다. 너는 뭘 할래?" 위고는 궁금했다. "셰익스피어를 번역하지요." 아들의 답변이었다. 위고의 아들은 나중에 유명한 셰익스피어 번역가가 되었다.

얀 코트가 전해준 이 에피소드에서 내가 강하게 느낀 것은, 셰익스피어는 그 당시 위고를 껴안아준 바다였다는 사실이다. 그리고 그의 불운했던 정치적 유배는 고통스러운 현실이었다. 그 바다는 지금도 영원하다. 그러나 우리의 현실은 변하고 있다. 각자의 현실도 변하고 있다. 위고의 현실도 변하고 있었다. 셰익스피어의 문학은 위고가 유배된 현실 속에서는 그의 동시대인이었다. 내가 전란 중에 포탄 속에서 읽었던 셰익스피어는 나의 동시대인이었고, 나의 암담했던 현실을 비춰보는 거울이었다. 셰익스피어의 시간과 나의 현실, 이 두 시간이 서로 밀접한 정신적인 관계를 맺고 있으면 셰익스피어는 누구에게나 친근한 동시대인이 될 수 있다.

읽으면 읽을수록 참으로 재미있고 매혹적이고 유익한 셰익스피어와 동시대인이 되며 그가 우리와 친근한 이웃이 되도록 도와주는 일은, 누구나 쉽게 읽을 수 있는 번역을 하는 일이요, 해설을 써서 보급하는 일이라 생각한다. 그러나 이 일이 결코 쉬운 일이 아니다. 푸른사상사에서 지금 이 책이 새로 나오는 일도 나는 기적을 보는 느낌이다. 〈당신이 좋으실 대로〉는 동양 텔레비전이 있었을 때, BBC 셰익스피어 시리즈로 방영하기 위해 번역한 대본이다. 우리가 말하는 입술의 움직임에 맞추면서 번역하느라고 적잖이 고생했는데, BBC 셰익스피어 대본은 원래 텍스트에서 군살을 뺀 압축 대본이다. 무대에 올리거나 방송하기 좋게 다듬어진 것이어서 그 나름대로 이용가치가 있으리라 생각한다.

1996년 9월 22일 일요일, 로스앤젤레스 타임에 나의 눈을 활짝 뜨게 만든 기사가 났다. "원래의 극장이 문을 연 지 300년, 현대판 글로브극장이 셰익스피어에 대한 활기찬 접근을 장려하고 있다"라는 제목의 윌리엄 몬탈바노 기자가 쓴 런던발 대형 특집기사였다. 기사 한가운데 큼직한 사진이 게재되어 있었다. 개관 기념 공연인 〈베로나의 두 신사〉 개막을 기다리는 관객들이 극장 내부를 가득 메운 광경이었다. 그 사진 아래 중간 타이틀이 있었다.

"셰익스피어가 이렇게 재미있는지 몰랐어요." 15세 미국인 소년이 말했다.

기사 내용은 이런 것이었다.

블루 진을 입은 미국인 틴에이저 세 명이 새로 개관하는 런던의 글로브극장에 나타났다. 안내원은 이 소년들에게 말했다. "극장 안에서 마음껏 떠들고 고함을 지르세요."

놀라운 일이었다. 다른 극장 같았으면 손가락을 입에 대고 "쉿!" 할 터인데. 셰익스피어가 그의 작품을 공연하던 옛 글로브극장 터에 복원한 이 극장에는 삼등석 노천 객석 '그라운들링'이 있다. 옛날 옛적 귀족 신사들은 옥내 객석에 점잖게 품을 잡고 앉아 있었지만 일반 서민 대중들은 싼 입장료를 내고 이 마당 객석에서 눈이 오나 비가 오나 서서 연극을 관람했다. 흥청거리던 엘리자베스 시대, 런던 잡놈들은 모두 신이 나서 이곳에 모여들었다. 소매치기, 잡상배들, 창부들, 싸움패들, 건달들, 어린애들, 아낙네들, 오입쟁이들…… 그야말로 극장은 인생의 무대요, 넓은 세계의 축도(縮圖)였다. 이들 삼등석 인간들은 연신 해바라기씨를 까먹으면서 요란하게 고함을 지르며 법석을 떨고 우왕좌왕했다.

당시의 연극은 대낮에 반 옥외 반 옥내 극장에서 공연되었다. 지금처럼 객석의 불빛이 천천히 페이드아웃되면서 극장에 침묵이 깔리는 것이 아니다. 언제나 떠들썩한 소음 속에서 연극은 시작되었다. 셰익스피어 작품의 1막 1장의 서두가 한결같이 요란한 음향효과라든가, 분주하게 움직이는 사람들의 집단 장면으로 개막되는 이유는 이토록 시끄러운 관객들의 소음을 죽이기 위해서 고안된 개막 신호인 것이다. 연극이 진행되는 동안에도 이들은 가만히 있지 않았다. 연극이 신나면 박수를 치고, 시시껄렁하면 집어치우라고 휘파람을 불었다. 아주 민감하고 활기에 넘친 관객들이었다.

아버지를 따라 역사적인 개관 공연을 보러 온 미국의 틴에이저들은 옛날로 돌아가, 옛날의 관객이 될 수 있었다. 그들은 웃고, 울고, 고함을 지르면서 마음껏 신명을 낼 수 있었다. 관극을 끝낸 15세 소년에게 셰익스피어는 너무나 재미있는 존재가 되었다. 이것은 문화적 사건이다.

셰익스피어는 1616년 4월 23일 세상을 떠났다. 템스강 기슭에 글로브극장이 건립된 해가 1599년이다. 그 이후 이 극장은 화재로 소실되었는데 1614년 재건되었다. 셰익스피어의 명작들이 이 극장에서 공연되었는데, 목조건물이었기 때문에 세월을 지탱하지 못하고 사라지고 땅만 남은 곳에 미국의 배우이며 연출가인 샘 워너메이커(Sam Wanamaker)의 25년간에 걸친 집념의 투쟁이 결실을 맺어 원형이 재현되었다. 그는 오늘의 개관을 보지 못한 채 1993년 타계했다. 그는 이 극장이 옛 모습대로 복원되어 옛날처럼 공연이 이루어지기를 바랐으므로 무대조명은 자연광선을 이용하도록 만들었으며, 대소도구, 장치 등은 최소로 줄였고, 마이크도 커튼도 달지 않았다.

셰익스피어는 가고 없다. 그의 자손도 대를 잇지 못했다. 그러나 그는 남았다. 그의 희곡작품이 있기 때문이다. 그는 남았다. 글로브극장이 있기 때문이다. 그는 남았다. 15세 소년의 감동이 있기 때문이다.

2021년 12월
옮긴이 이태주

베니스의 상인

The Merchant of Venice

등장인물

베니스의 공작

모로코 왕

아라곤 왕

안토니오_ 베니스의 상인

바사니오_ 안토니오의 친구, 포샤의 구혼자

그레시아노

살레리오

솔라니오

로렌조_ 제시카의 애인

샤일록_ 유대인

튜발_ 유대인, 샤일록의 친구

란슬로트 고보_ 어릿광대, 샤일록의 하인

고보 노인_ 란슬로트의 아버지

레오나르도_ 바사니오의 하인

밸더자

스테파노

포샤_ 벨몬트의 유산 상속녀

네리사_ 포샤의 시녀

제시카_ 샤일록의 딸

베니스의 고관들, 법정의 관리들, 간수, 하인들, 시종들

장소

베니스, 그리고 벨몬트 포샤의 집

제1막

제1장 베니스, 부두

안토니오, 살레리오, 솔라니오 등장.

안토니오   정말이지, 까닭없이 나는 우울해. 이 때문에 짜증이 나고 지쳐 있어. 너희들도 그렇지. 그런데 나는 알 수 없어. 왜 우울증에 걸려 혼쭐이 나는지, 우울증의 원인이 무엇인지, 그것이 어떻게 생겨났는지, 나는 전혀 알 수 없단 말이야. 우울증이 나를 바보로 만들고 있어. 나는 내가 누군지도 몰라.

살레리오   자네 마음은 바다에서 파도에 들까불고 있네. 자네 배는 위풍당당하게 돛에 바람을 품고 마치 바다의 귀족인 양, 갑부인 양 으스대고 나리 행차처럼 질주하고 있어. 고개를 수그리고 경의를 표하는 조무래기 상선들 따위는 아예 거들떠보지도 않아. 자네 배는 지금 날개를 펴고 날아가듯 그들 옆을 지나고 있네.

솔라니오   나도 마찬가지야. 그런 재산을 배에 싣고 바다에 떠밀어놓으면 온갖 근심 걱정이 배와 함께 바다를 떠돌게 마련이네. 그뿐인가. 나 같으면 마냥 들풀을 뽑아 날리면서 바람의 방향을 알아보고, 지도를 뒤지면서 항구와 부두를 물색하고 있을 거야.

내 사업을 위태롭게 하는 장애물이 있을 때마다 틀림없이 나는 우울증에 빠져들 걸세.

살레리오 바다에 폭풍이 일어 어떤 손해를 입을 것인가를 생각하면 뜨거운 국물 식히는 내 숨결에도 소름이 끼치네. 모래시계에서 흐르는 모래를 보기만 해도 여울이나 모래톱을 생각하게 되고, 내 재산을 몽땅 실은 앤드류호가 모래바닥에 좌초해서 상돛대를 처박고 자신의 무덤에 입 맞추는 모습을 상상하게 되는 거야. 예배당에 가서 돌로 만든 성전을 보기만 해도, 나는 금세 위험한 암초를 연상하게 되는데, 바위가 배 옆구리에 닿기만 해도, 배에 실려 있는 온갖 향료들이 바다에 뿌려지고, 비단옷이 성난 파도를 감싸기 때문이지. 한마디로 말해, 지금껏 쌓아놓은 이 재산이 몽땅 사라져서 순식간에 알거지 발싸개가 된다는 거지. 이 정도는 상상할 수 있는 나이기 때문에, 그렇게 되면 우울증에 빠진다는 것쯤은 상상할 수 있는 나이가 아닌가? 더 이상 말할 필요 없네. 나는 알고 있어. 안토니오는 배에 실은 짐짝이 걱정이 되어 우울증에 빠졌어.

안토니오 그게 아니야. 다행히도 나는 배 한 척에 몽땅 투자한 것도 아니고, 한 곳에 거래한 것도 아니네. 뿐만 아니라, 전 재산이 금년 한 해의 재수에 달린 것도 아니고, 화물 때문에 걱정이 되어 울적해진 것도 아니야.

솔라니오 그렇다면, 상사병에 걸렸나?

안토니오 맙소사, 집어 치워!

솔라니오 사랑도 아니라면? 어쩐 일인가, 알겠다, 즐겁지 않기 때문에 슬픈 거지. 그렇다면 간단해. 웃고 춤을 추고 떠들어라. 나는 즐겁지 않기 때문에 우울하다라고. 두 얼굴을 가진 야누스 신 (로마 신화의 신. 양면을 지니고 있다—역자 주)을 두고 맹세하지만, 이 세상에는 이상한 인간들이 창조되었어. 실눈을 깔고, 백파이프의 구슬픈 음악을 듣고도 앵무새처럼 깔깔 웃는 자가 있는가 하면, 식초를 꿀꺽 삼킨 기묘한 표정을 지으며, 근엄한 네스토르(트로이 전쟁 시 그리스의 근엄하고 엄숙한 원로 지도자—역자 주)가 즐겁다고 보증한 농담에 대해서도 이빨을 내보이지 않는 자가 있어.

바사니오, 로렌조, 그레시아노 등장.

아아, 자네 친척 바사니오가 오는군, 그레시아노와 로렌조도 함께 오네. 물러가겠네. 더 좋은 친구들과 어울리게나.

살레리오 자네와 함께 있으면서 즐거운 시간 가지려고 했는데, 더 좋은 친구들이 왔으니 할 수 없군.

안토니오 너도 훌륭한 친구야. 자네 일이 생겨서 꽁무니 빼려는 거지.

살레리오 여보게들, 안녕들 한가.

바사니오 친구들이여, 언제 또 한바탕 놀아보나? 말해보게, 언젠가? 자네들 너무 서먹서먹한데, 왜 그래?

살레리오와 솔라니오 허리 굽혀 인사하고 퇴장.

로렌조 바사니오 공, 안토니오를 만났으니 우리들은 물러가네. 하지만 식사 시간에는 어김없이 약속 장소에 와주게.

바사니오 물론이지.

그레시아노 안토니오, 안색이 좋지 않네. 자네는 세상사에 너무 얽매이고 있어. 너무 꼼꼼하게 챙기기 때문에 손해보고 있어. 정말이지 너무 변했네.

안토니오 그레시아노, 나는 세상을 있는 그대로 받아들이네. 이 세상은 연극 무대야. 제각기 한 역할씩 맡고 있어. 그런데 내가 맡은 역할은 왜 이렇게 슬픈가.

그레시아노 그렇다면 나는 어릿광대다. 이왕 나이를 먹을 바에야 즐거운 웃음으로 이 얼굴에 주름살을 깔겠다. 수명을 줄이는 한숨으로 심장을 얼어붙게 하는 것보다는 즐거운 술잔으로 간장을 따뜻하게 녹이자. 뜨거운 피가 흐르는 인간이 석고로 세공한 늙은이처럼 우두커니 앉아서 눈 뜨고 졸다가도 버럭 성깔을 부리는 것은 누렇게 찌들어 황달로 치닫는 일이야. 그럴 필요가 있나? 알겠어, 안토니오, 나는 자네가 좋아. 좋아하니깐 말하지. 이 세상에는 이상한 사람들이 있어. 마치 썩은 웅덩이 물처럼 혼탁한 껍질을 낯짝에 깔고, 옹골차게 침묵을 지키고 있지만 실은 세상 사람들로부터 지혜롭고 진지하고 신중하다는 평판을 듣고 싶기 때문이지. "나는 신탁을 받은 현인이다. 내가 입을 열 때는 개들도 입을 다물고 들어라" 하는 표정을 짓고 있는데, 안토니오, 나는 이런 속물들을 잘 알고 있어. 요컨대, 이 작자들은 입을 다물고 있기 때문에 현명하다고 알려지고 있을 뿐이네. 이 녀석들, 떠드는 소리를 듣기만 해도 천벌받게 되어 있어. 이들의 말을 들으면 코앞에 있는 형제를 보고도 우라질 놈들 바보들이라고 말 안 할 수 없어. 더 할 말이 있지만, 다음 기회로 미루기로 하자. 하지만 행여, 이 같은 우울증을 미끼로 송사리 낚듯 세간의 멍청한 평판을 낚아서는 안 돼. 가자, 로렌조. 잠시 물러나 있겠네. 이 설교는 다시 만나서 식사 후에 종결짓도록 하세.

로렌조 일단 헤어져서 식사 때 다시 만나세. 그레시아노가 말할 기회를 주지 않으니 나도 현인처럼 침묵을 지키고 있었네.

그레시아노 2년간만 더 나를 친구로 삼으면 자네 목소리도 잃어버릴 걸세.

안토니오 잘들 있게. 나는 수다쟁이가 되어야겠네.

그레시아노 그것 반가운 일이네. 입 다물고 있으면서 칭찬받는 것은 말린 황소 혓바닥과 안 팔리는 노처녀 정도지.

그레시아노와 로렌조 서로 팔을 끼고 웃으면서 퇴장

안토니오 저 말에 무슨 저의가 있나?

바사니오 그레시아노는 부질없는 넋두리를 지껄이고 있어. 베니스에서는 당할 사람이 없지. 그 녀석 말에 이치가 닿는 것은 고작두 포대의 왕겨 속에 섞인 밀알 두 알 정도야. 찾아내는 데 꼬박 하루가 걸려. 그런데 찾고 나면 그 일이 헛된 일이라는 것을 알게 되지.

안토니오 그건 그렇고, 자네가 남 몰래 사랑의 순례를 시작하려는 그 여인은 누구인가. 오늘 말해준다고 했지?

바사니오 안토니오, 자네도 알다시피 나는 재산을 탕진했네. 내 재력으로는 분수에 맞지 않는 사치스러운 생활을 했기 때문이야. 물론, 지금은 흥청망청 즐긴 사치 생활로부터 미련 없이 빠져나올 생각이지. 그런데 단 한 가지 신경이 쓰이는 것은 빚더미로부터 어떻게 헤어날 것인가 하는 점이야. 안토니오, 자네에게는 금전적으로나 우정으로나 신세를 많이 지고 있네. 자네와의 정분에 의지해서 나는 지금 이 부채를 청산할 수 있는 계획과 의도를 빠짐없이 말하고자 하네.

안토니오 제발 말해주게, 바사니오. 자네 말이니 괜찮겠지만, 자네 말이 명예로운 것이라면 안심하게. 내 지갑, 내 육신, 내가 할 수 있는 모든 것을 자네를 위해 기꺼이 내주겠네.

바사니오 학교 다닐 때, 나는 내가 쏜 화살을 찾지 못하면, 나는 똑같은 성능의 화살을 똑같은 힘으로 같은 방향에 신중하게 노리고 쏘아, 앞서 놓친 화살을 찾아냈어. 두 화살을 쏘아붙이는 위험을 시도하면서, 결국 두 화살을 모두 회수한 거야. 어린 시절의 이 얘기는 이제부터 하려는 얘기와 비슷한 전제가 되는 것이네. 자네에게는 신세를 졌어. 분별없는 젊음의 객기로 그 모든 것을 다 잃고 말았어. 하지만 자네가 처음 방향대로 똑같이 또 한 개의 화살을 쏘아준다면, 신중하게 그 화살의 행방을 살펴서 두 화살을 찾아내겠다고 맹세하겠네. 두 번째 화살은 자네에게 돌려주고, 첫 번째 화살은 잠시 동안 고맙게 빌려서 보관할 생각이네.

안토니오   자네는 나라는 인간을 잘 알고 있겠지. 내 우정을 먼발치로 떠보는 것은 시간 낭비야. 내가 할 수 있는 것은 무엇이나 하려고 하는데, 그것을 의심한다는 것은 전 재산을 빼앗는 것과 같은 모욕일세. 자네는 내가 할 수 있는 일을 하라고 지시만 하면 돼. 나는 기쁜 마음으로 응하겠어. 자, 말해보게나.

바사니오   실은 벨몬트에 많은 유산을 상속받은 여인이 있어. 그이는 미인이야. 얼굴도 아름답지만, 그 이상으로 마음의 미덕을 갖추고 있어. 나는 그 여인의 눈을 읽었어. 그 눈이 말하고 있는 말 없는 아름다운 의미를 깨달았지. 그 여인의 이름은 포샤, 카토의 딸이요, 브루투스의 아내인 포샤에 견주어도 그 여인은 절대로 손색이 없어. 그 여인의 미덕이 세계 곳곳에 소문이 나서 동서남북의 바람이 세상 곳곳으로부터 구혼자들을 끌어들이고 있어. 그 여인의 이마에 흘러내리고 있는 금발은 양모처럼 눈부시게 빛나고, 벨몬트의 그 여인의 저택은 그 옛날 콜키스의 기슭처럼 되어 이아손 같은 수많은 영웅들이 금빛 머리칼 찾아 몰려들고 있네. 오, 안토니오, 이들과 견줄 수 있는 재산이 나에게 있다면, 나는 성공할 수 있는 확실한 예감이 들어. 반드시 나는 행운을 잡을 수 있어.

안토니오   자네도 알다시피 나의 전 재산이 지금 바다 위에 있어. 그래서 지금 수중에는 현금도 상품도 없네. 그러니 거리로 나가 베니스에서 나의 신용이 어느 정도 통하는지 시험해볼 수밖에 없네. 될 수 있는 한 최선을 다해 자네를 아름다운 포샤가 있는 벨몬트로 보냄세. 돈줄을 수소문해보세. 돈이 있으면, 내 신용으로나 나에 대한 호감으로 수중에 넣는 것은 어렵지 않아.

(두 사람 퇴장)

제2장 벨몬트, 포샤의 집 방

포샤와 네리사 등장.

포 샤 정말이지, 네리사, 내 작은 몸뚱이는 이 넓은 세상살이에 짓눌려 지칠 대로 지쳤다.

네리사 그러시겠죠, 아가씨. 불행한 일이 행운을 덮칠 만큼 한꺼번에 밀어닥치면 그럴 수밖에 없어요. 저는 잘 모릅니다만, 과식하는 사람은 아무것도 먹지 않고 굶주리는 사람처럼 똑같이 병든답니다. 알맞게 중간 정도를 지키는 일은 결코 중간 정도의 행복만을 차지하는 것은 아닙니다. 무엇이나 지나치면 빨리 늙어요, 중용을 지켜야 오래 삽니다.

포 샤 좋은 격언이로구나. 말솜씨도 좋네.

네리사 격언은 듣는 것보다는 지키는 것이 더 좋아요.

포 샤   좋은 일을 한다는 것이 좋은 것을 알게 되는 만큼 쉬운 일이라 면 작은 예배당은 큰 교회당으로, 가난뱅이 오두막은 왕의 궁전이 되었을 것이다. 자신의 설교대로 행하는 성직자는 훌륭한 분이다. 무엇을 해야 하는지 가르치는 일은 나도 할 수 있어. 하지만 나 자신의 가르침을 지키는 일은 한 가지도 할 수 없어. 이성이 열정을 억제할 수 있는 계율을 만들지만, 뜨거운 열정은 냉엄한 이성의 명령을 뛰어넘는 법이지. 젊음이라는 미친 토끼는 절뚝발이 충고가 쳐놓은 그물쯤은 가볍게 뛰어넘지. 그러나 내가 아무리 이론을 내세워 보아도 남편 고르는 일에는 도움이 되지 않아. 아아, '선택'이라는 낱말의 슬픔이여! 나는 좋은 사람을 선택하는 일이나, 싫어하는 사람을 거부하는 일이나 아무것도 할 수 없어. 살아 있는 딸의 의지가 돌아가신 아버지의 유언장 때문에 구속을 받고 있지. 네리사, 선택도 거부도 할 수 없다는 것은 천부당만부당한 일이 아니냐.

네리사   부친께서는 아주 훌륭한 분이셨습니다. 성인들은 임종 시에 영감이 떠오르는 듯합니다. 금·은·납으로 만든 세 개의 상자 중에서 그분의 마음이 담긴 상자를 선택하는 사람이 아가씨를 차지하게 된다는 그분의 제비뽑기는 아가씨를 진정코 사랑하지 않고서는 할 수 없는 일입니다. 그런데 이미 도착한 귀공자들 가운데 아가씨 마음이 쏠리는 분이 있습니까?

포 샤   거명해보아라. 거명할 때마다, 내가 인물 평가를 하겠다. 내 말을 듣고, 내 의중을 짐작해보아라.

네리사 우선 나폴리의 공작입니다.

포 샤 그분은 망아지 같다. 항상 말 얘기뿐이야. 자신이 직접 말에 편자를 박을 수 있다는 것을 자신의 재능이라고 자랑하고 있어. 그분의 모친이 대장장이와 불륜의 관계를 맺은 게 아닐까?

네리사 다음은 팰러타인 백작입니다.

포 샤 늘 상을 찡그리고 있어. "나를 남편으로 삼지 않겠다면, 멋대로 해봐"라는 식이야. 재미있는 얘기를 들어도 웃지를 않으니, 나이를 먹으면 눈물의 철학자가 될 것이다. 젊어서도 저렇게 막무가내로 침울하기만 하니, 이들 두 사람과 결혼할 바에야 차라리 뼈를 물고 있는 해골과 결혼하는 편이 낫겠다.

네리사 프랑스의 귀족 르 봉 경은 어떻습니까?

포 샤 하느님이 창조하셨으니, 그런 인간도 사람이라 말할 수 있겠지만 남을 조롱하는 사람은 죄인이지, 안 그래? 그런데 그 사람은! 그래, 그 양반 말에 관해서는 나폴리의 공작을 뺨치겠더라. 얼굴 찡그리는 일은 팰러타인 백작보다 한 수 위고, 남의 흉내를 잘 내지만 주체성이 없어. 개똥지빠귀가 울면 깡충대며 춤을 추고, 자신의 그림자와 칼싸움하는 위인이야. 내가 그 양반과 결혼하면 남자 스무 명과 살림하는 꼴이 되지. 그분이 나를 경멸하더라도, 나는 용서해주겠다. 그분이 나를 미친 듯이 사랑해도 나는 응하지 않겠다.

네리사 그렇다면 영국의 젊은 남작 폴콘브리지는 어떻습니까?

포 샤 잘 알겠지만, 나는 그분에게 한마디 말도 하지 않았다. 그분은 나를 결코 이해하지 못하고, 나도 절대로 그분을 이해할 수 없기 때문이다. 그분은 라틴어도, 프랑스어도, 이탈리아 말도 알지 못한다. 그런데 내 영어가 서툰 점은 너도 증인이 될 수 있지 않는가. 확실히 그는 겉모습은 그림 같지만, 애석하게도 벙어리와 대화를 할 수 있는 사람이 있겠는가? 게다가 복장이 너무나 웃기더라! 겉저고리는 이탈리아에서, 바지는 프랑스에서, 모자는 독일에서, 그리고 행실은 세계 각국 여러 곳에서 긁어모은 듯했어.

네리사 이웃 나라 스코틀랜드 공작은 어떻습니까?

포 샤 그분은 이웃 사랑이 철저한 분이셔. 영국 양반에게 따귀를 한 대 얻어맞고도, 할 수 있으면 또 한 대 맞기 위해서 내밀겠다는 것이야. 프랑스인 보증인으로 조인했다지.

네리사 색소니 공작의 조카이신 젊은 독일 양반은 어떻습니까?

포 샤 술기운 없는 아침나절에는 질색이야. 술에 취하지 않고 있기 때문이야. 저녁이면 더 싫어져. 술에 취해 있기 때문이지. 제일 좋은 때는 그가 인간 이하로 행세할 때지. 제일 나쁠 때는 그가 짐승보다 조금 나을 때가 되지. 내가 최악의 운명에 부딪힌다 해도, 그 사람 손아귀에 잡히고 싶지는 않아.

네리사 만약에 그분이 상자를 고르겠다고 하시면서, 제대로 선택을 했을 때, 아가씨께서 싫다고 하시면, 부친의 유언을 거역하시는 것이 되겠네요.

포 샤 그런 일이 일어나지 않도록, 가짜 상자 위에 큰 포도주 잔을 놔

주렴. 비록 안에 악마가 있더라도 밖에서 그 술이 유혹하고 있으니, 그 상자를 선택 안 할 수 없지. 무슨 수를 써서라도 술에 찌든 주정뱅이와는 결혼하지 않을 테다.

네리사 아가씨, 지금까지 거명된 사람과 결혼할 일은 없겠습니다. 그분들이 속마음을 털어놓으셨는데, 그대로 고국으로 돌아가 두 번 다시 아가씨를 괴롭힐 일은 없다고 합니다. 상자 선택에 전부를 걸어야 한다는 부친의 유언은 따를 수 없는 모양입니다. 그들은 아가씨와 결혼할 수 있는 다른 방법을 원하고 있습니다.

포 샤 아버님의 유언에 따라 남편이 정해지지 않으면 나는 시빌라만큼 오래 살아서 처녀의 신 디아나처럼 순결한 몸으로 남아 있겠다. 하지만 잘 되었군. 구혼자들이 현명한 판단을 했네. 여기 없어서 서운한 사람은 하나도 없어. 그분들이 무사히 떠나가도록 하느님께 빌겠다.

네리사 그런데 말씀이에요, 아가씨께서는 기억하고 계시는지요? 부친께서 살아 계실 때 몽페라 후작 일행과 이곳에 왔었던 학자이면서 군인이셨던 베니스 양반 말이에요.

포 샤 그래, 생각나지. 바사니오라는 이름의 젊은이였지.

네리사 아가씨, 그분이 제가 지금까지 본 분들 가운데는 아가씨에게 가장 잘 맞는 신랑입니다.

포 샤 나도 그분을 잘 기억하고 있다. 네가 칭찬할 만한 분이셨어.

하인 등장.

무슨 일이냐, 소식이라도 있나?

하 인 네 분의 손님들이 작별 인사를 하시겠답니다. 그리고 다섯 번째 손님이신 모로코의 영주님으로부터 사환이 왔는데 영주께서는 오늘 밤 이곳에 도착하시겠답니다.

포 샤 내가 다섯 번째 손님을 네 분에게 작별을 고하듯 반가운 마음으로 맞이할 수 있다면, 그분의 내왕을 기쁘게 생각할 수도 있지만, 속마음이 성자처럼 깨끗하다 하더라도 얼굴이 악마처럼 검다면 나는 아내가 되는 것보다는 고해성사를 하는 수녀가 되겠다. 자, 네리사, 먼저 가보아라. 구혼자 한 사람 보냈더니, 곧 또 한 사람이 문을 두드리네. (일동 퇴장)

제3장 베니스, 샤일록 집 앞에 있는 광장

바사니오와 샤일록 등장.

샤일록 삼천 두카트라, 으음.

바사니오 그렇소이다. 기한은 삼 개월이오.

샤일록 삼 개월이라, 으음.

바사니오 이미 말했듯이 보증은 안토니오가 설 것이오.

샤일록   안토니오가 보증을 선다, 으음.

바사니오   나를 도와주겠소? 청을 들어주겠소? 당장 답변을 해주시오.

샤일록   삼천 두카트를 삼 개월이라, 안토니오가 보증을 선다, 으음.

바사니오   어떻게 하시겠소?

샤일록   안토니오는 착한 사람이죠.

바사니오   그렇지 않다는 얘기 들어본 적 있습니까?

샤일록   호오, 아니, 아니, 아니, 아니오. 내가 착한 사람이라고 말한 것은, 그 양반이 보증인으로는 괜찮다는 말입니다. 하지만 지금전 재산이 바다에 떠 있기 때문에 불안감은 씻을 수 없지요. 화물을 싣고 트리폴리스로 향해 배 한 척이 가고 있고, 또 한 척은 서인도로 가고 있다는 말입니다. 거래소에서 들었소만은세 번째 상선은 멕시코로, 네 번째는 영국으로 가고 있으며, 그밖에도 해외 각지에 돈을 뿌려놓고 있어요. 그런데 말이죠, 배는 널빤지에 불과해요. 선원들도 사람이죠. 게다가 땅에도 쥐요, 바다에도 쥐, 육상 강도, 해상 강도 ─ 해적들 말이요. 이것들이 날뛰고 있는 데다가 파도는 치고 바람은 불며, 암초의 위험도 곳곳에 도사리고 있다는 말씀입니다. 그건 그렇고, 그 사람이면 괜찮겠소. 삼천 두카트라, 그분의 보증을 받기로 하겠소.

바사니오   염려하지 마시오.

샤일록   나도 걱정을 뿌리치고 싶소. 안심하려면 심사숙고해야죠. 안토니오를 만나서 얘기를 하고 싶소. 만날 수 있는가요?

바사니오　괜찮으시다면 함께 식사나 합시다.

샤일록　(방백) 돼지고기 냄새 맡으라고? 너희들 예언자 나자렛이 악마를 처넣어 사육했다는 돼지를 먹으라고? 나는 그대들과 상담도 하고 얘기도 나누고 함께 걸으며 무엇이든 할 수 있지만, 함께 먹고 마시는 일과 기도하는 일은 어림도 없다. (큰 소리로) 거래처에서 무슨 일이 있었나? 누가 오네?

　　안토니오 등장.

바사니오　안토니오로군.

샤일록　(방백) 알랑거리는 세금 수납인의 상판을 하고 있네! 나는 저 사람이 싫어. 기독교도이기 때문이지. 그보다 더 싫은 것은 겸손한 척 순진한 척 무이자로 돈을 빌려줘서 베니스에서 우리들 고리대금업자의 이자를 낮추었기 때문이야. 네놈의 약점을 한번 잡았다 하면, 해묵은 원한을 실컷 풀 수가 있을 텐데. 저놈은 우리들 신의 선택을 받은 유대인을 미워하고, 상인들이 모인 곳에서 나와 나의 사업, 그리고 나의 정당한 수입에 대해서 고리대금업이라고 비난을 하고 있어. 내가 저런 놈을 용서한다면, 유대인 종족에 저주가 내릴 것이다!

바사니오　여보시오, 어떻게 된 거요?

샤일록　지금 내 수중에 있는 돈을 계산해보았는데, 어림짐작으로 대충 계산해봐도 삼천 두카트의 대금을 당장 염출하는 일은 힘들 것 같소. 하지만 염려 마쇼, 우리 유대인 가운데 부유한 사람 튜발이 있어요. 그 친구가 나에게 돈을 융통해줄 거요. 잠깐! 기간이 몇 달이라고 하셨죠? (안토니오에게 인사를 하면서) 안녕하십니까. 여보세요, 지금까지 당신 얘기를 계속하고 있었습니다.

안토니오 샤일록, 나는 원칙적으로 이자 놀이하면서 돈을 빌려주거나 또는 빌리지 않는 주의인데, 친구의 급전을 마련해주기 위해서는 어쩔 수 없소. 이번만은 내 관습을 깨겠소. (바사니오에게) 저 사람에게 말했나, 자네가 필요한 돈을?

샤일록 들었어요, 삼천 두카트라 했소.

안토니오 차용 기간은 삼 개월이다.

샤일록 그래, 깜박했지. 삼 개월이라고 들었소. (바사니오에게) 그렇게 말했죠? 자, 그렇다면 당신이 보증을 하십시오. 그런데 잠깐, 당신은 조금 전에 이자를 받고 돈을 빌려주지도 빌리지도 않는다고 하셨는데…….

안토니오 그렇소. 그게 내 방식이오.

샤일록 야곱이 그의 삼촌 라반의 양을 치던 시절에, 이 야곱은 거룩한 아브라함의 후손인데 머리 좋은 어멈 덕에 술책을 부려 삼대째 상속자, 그래요, 삼대째 상속자가 되었소.

안토니오 그래, 야곱이 어쨌단 말이오. 이자라도 받았단 말이오?

샤일록 아니오. 당신네가 말하는 이자는 받지 않았소. 야곱이 한 일은 이러하오. 우선 라반과 약속을 한답니다. 그해에 태어나는 새끼 양 가운데서 줄무늬와 얼룩이 있는 것은 모두 야곱의 몫으로 하자는 겁니다. 이윽고 가을이 저물면, 암컷이 암내를 내며 수컷을 찾을 때, 그리고 짝짓기에 이들이 열을 올리고 있을 때, 그 현장을 포착하여 영리한 양치기 야곱은 나뭇가지 껍질을 벗겨 발정해서 열을 내고 있는 암컷 앞에 박아놓습니다. 그러자 새끼 낳을 철이 되면 새끼 밴 암컷들은 얼룩덜룩한 새끼를 낳게 되고, 그것들은 야곱의 소유가 됩니다. 그가 이익을 얻는 것은 신의 축복을 받았기 때문입니다. 훔치는 일만 하지 않으면 모든 것은 용납됩니다.

안토니오　야곱이 한 짓은 투기 행위가 될 것이다. 그런 일은 자신의 힘으로 좌지우지되는 것은 아니야. 하느님의 뜻에 따라 결정되는 일이다. 이 이야기가 성경책에 나오는 것은 이자를 정당화하기 위해선가, 아니면 당신의 금은보화는 암컷 수컷 양들이란 말인가?

샤일록　그건 몰라요. 내 돈이 빨리빨리 새끼를 치면 그만이오. 내 말 좀 들어보쇼…….

안토니오　들었는가, 바사니오. 사탄도 이익을 얻기 위해서는 성경을 인용하는 세상이라네. 악독한 인간이 성경을 인용하는 것은 악당이 미소를 짓고 있는 것과 같아. 겉은 멀쩡하지만 속은 곯아버린 사과 같은 꼴이지. 허위는 참으로 화려한 겉모습을 하고 있구나!

샤일록　삼천 두카트라, 큰돈이야. 삼 개월이라, 연리 계산으로 따져 이자는 얼만가…….

안토니오 어떻게 된 것이냐, 샤일록, 빌려주겠는가?

샤일록 당신은, 내가 돈을 빌려주고 이자를 받는 것은 고약한 짓이라고 거래처에서 나를 비난했어요. 나는 언제나 어깨를 움츠리고 꾹 참아왔죠. 인내는 우리 유대인들의 훈장이거든. 당신은 나를 이단자, 사람 죽이는 개자식이라고 불렀어요. 이 유대인의 겉옷에 침을 뱉었소이다. 그 이유가 내 돈을 갖고 내가 마음대로 이용한다고 말입니다. 그런 나에게 당신은 도움을 청하러 왔어요. 답답한 일이죠, 나한테 와서 기껏 한다는 것이 "샤일록, 돈 좀 빌려줘"라고 아우성이니 말이죠. 내 이 수염에 가래침을 내뱉은 당신이 말입니다. 현관에서 들개를 걷어차듯 나에게 포악했던 당신이 "돈 빌려주라"라고 말하니 말씀입니다. 내가 뭐라고 응답해야 하나요? 이렇게 말하는 게 어떻소? "들개가 무슨 돈이 있소? 들개에게 삼천 두카트를 빌릴 수 있습니까?" 아니면 허리를 꾸부리고, 노예처럼 벌벌 떨면서 숨을 죽이고 기죽은 목소리로 이렇게 말할까요? "나리께서는 지난 수요일 저에게 침을 뱉으셨고, 언젠가는 또 저에게 발길질을 하셨고, 또 어느 때는 저를 들개라고 부르셨는데, 그 답례로 저는 거금을 나리께 융통해드리겠나이다."

안토니오 나는 지금부터 너를 들개라고 부르겠다. 너에게 침을 뱉고, 발길질도 할 것이다. 그러니 우리에게 돈을 빌려준다면 친구에게 빌려준다고 생각지 마라. 친구가 새끼를 낳지 못하는 쇠붙이를 빌려주고 이자를 받은 적이 있소? 그 돈을 원수에게 빌

려주었다고 생각하시오. 그렇게 되면 만에 하나 계약이 파기

되더라도 당당하게 위약금을 받아낼 수 있을 것이오.

샤일록 아아니, 왜 이렇게 화를 내시오! 나는 나리와 친구가 되어 우정

을 나누고 싶소. 그러기 위해서는 당신으로부터 받은 모욕을

잊고 필요한 돈을 이자 한 푼 안 받고 융통해드리려고 하는데,

제 말은 들어보려고도 안 하시니, 저의 호의는 어떻게 되는 겁

니까?

바사니오 호의라면 좋겠소만.

샤일록 제 호의를 확실하게 보여드리겠어요. 한 공증인에게 가서 도

장만 찍으시면 됩니다. 그런데 이것은 농담 삼아 드리는 말씀

입니다만, 증서에 기록된 대로 지정된 날짜에, 지정된 장소에

서, 지정된 액수의 돈을 돌려주시지 않으면, 그 위약금 대신 당

신의 살점 일 파운드를 주시기 바라며, 그 살점은 제가 좋아하

는 부위에서 잘라내도록 허락해주십사 하는 것입니다.

안토니오 좋아요. 그런 증서라면 날인하겠소. 유대인에게도 친절심은

남아 있다고 말하고 싶소.

바사니오 나 때문에 그런 증서에 날인하면 안 돼. 그렇게 할 바에야 지

금처럼 궁색한 대로 남아 있겠네.

안토니오 걱정 말게. 위약할 일은 없을 테니. 앞으로 두 달 안으로, 증

서에 기록돼 있는 액수의 아홉 배나 되는 돈이 돌아오게 되어

있네. 그 기간이면 한 달이나 여유가 있네.

샤일록 아아, 아브라함 조상이시여, 기독교도들은 다 이렇습니까! 스

스로 가혹한 짓을 하니, 다른 사람의 생각도 의심하게 되었나 봅니다. 여보세요, 대답 좀 해보세요. 만약에 약속을 어길 때, 내가 그런 위약의 대가를 받아낸들 무슨 소용이 있습니까? 인간의 몸으로부터 떼어낸 일 파운드의 살점이 무슨 가치가 있겠습니까? 양고기나 소고기, 또는 염소 고기만큼의 값어치도 없고, 아무런 소용도 이득도 없어요. 나는 그의 호감을 사기 위해 우정을 베풀었어. 받을 생각이 있으면 받고, 아니면 이만 작별이다. 나의 호의를 생각해서 나를 오해하지 마시오.

안토니오 알겠다. 샤일록, 도장을 찍자.

샤일록 한 걸음 먼저 공증인에게로 가서 그에게 흥미로운 이 증서를 작성하도록 이르시오. 나는 지금부터 돈을 가지러 갈 터이니. 가는 길에 집을 살피고 오겠소. 낭비밖에 모르는 놈에게 집을 맡겨놨으니 걱정이 되죠. 곧장 따라가겠소.

안토니오 부탁이야, 유대인 양반, 서둘러주게. (샤일록 퇴장) 저 유대인이 기독교로 개종할 것 같네. 저렇게 친절해졌으니 말이지.

바사니오 말은 그럴듯하지만 뱃심은 시커멓기 때문에 마음에 안 들어.

안토니오 자, 가자, 걱정할 것 없다. 내 배가 약속 날짜보다 한 달 먼저 돌아오지 않는가. (두 사람 퇴장)

제2막

제1장 벨몬트, 포샤의 집 홀

화려한 코넷(트럼펫과 비슷하게 생긴 금관 악기—역주) 소리.
모로코 왕과 그 일행, 포샤, 네리사, 그리고 시종들 등장.

모로코 왕　내 얼굴 빛깔 때문에 나를 싫어하면 안 됩니다. 이것은 찬란하게 빛나는 태양이 그 이웃에서 자란 나에게 준 검은 옷의 선물이오. 태양신 포이보스의 불꽃으로도 그 고드름을 녹이지 못했다는 북국 태생의 백인 미남을 데리고 와서, 당신의 사랑을 얻기 위해 서로 상처를 내어 그 남자와 나의 피를 비교해서 어느 쪽이 더 붉은지 시험해봅시다. 어떤 용감한 자도 내 모습에는 공포를 느끼게 됩니다. 하지만 사랑을 걸고 맹세하지만, 우리나라 최고의 아름다운 처녀들은 한결같이 이 얼굴을 사랑해줍니다. 사랑하는 당신의 마음을 사로잡기 위해서는 할 수 없는 일이지만, 결코 나는 이 얼굴빛을 바꾸고 싶지 않소.

포　샤　저는 남편을 고르는 데 있어서, 처녀들이 흔히 하는 어리석은 안목으로 결정하고 싶지 않습니다. 더욱이 저의 운명은 상자 선택으로 결정되어 있습니다. 저 혼자서 멋대로 결정할 권리가 없습니다. 부친께서 그분 생각만으로 저를 속박하지 않고,

이미 말씀드린 그런 방법으로 저를 차지하는 분의 아내가 되라는 유언을 남겨놓지만 않았더라면, 전하, 당신이야말로 제가 지금까지 본 그 누구보다도 저의 사랑을 바치기에 적합한 분인 듯합니다.

모로코 왕 그 말만 들어도 기쁘오. 그렇다면 상자 있는 곳으로 안내해 주시오. 나의 운명을 시험해봅시다. 이 반월도(半月刀)에 걸어서, 술탄 술레이만을 세 번이나 무찔렀다는 그 페르시아 왕과 왕자를 살해한 이 칼에 걸어서 맹세하지요. 나는 아무리 무섭게 노려보는 눈초리를 만나도 대적하리다. 나는 아무리 용맹한 상대를 만나더라도 도전하리다. 젖을 빠는 아기 곰을 어미 곰의 품에서 떼어놓겠소. 먹이를 달라고 으르렁대는 사자라도 조롱하고 경멸하겠소. 당신을 내 아내로 맞이할 수 있다면 말이오. 그러나 애석한 일이로다. 만일에 영웅 헤라클레스와 그의 시종 리카스 중에 누가 더 힘이 세냐라는 문제를 해결하기 위해서 주사위를 이용한다면, 운명의 조화로 약한 자가 이길 수도 있어요. 영웅호걸도 풋내기 애송이에게 질 수도 있지요. 나도 마찬가지예요. 눈먼 운명의 신이 인도하는 길을 가다 보면 별것 아닌 자가 입수한 것도 놓칠 수 있지요. 그러고는 비탄 속에서 목숨을 끊을 수도 있어요.

포 샤 당신은 모험을 할 수밖에 도리가 없어요. 상자 선택을 단념할 것인가, 상자를 잘못 선택하면 두 번 다시 귀부인에게 결혼 신청을 할 수 없다고 사전에 서약을 하든가 둘 중에 하나입니다.

신중히 생각하세요.

모로코 왕 서약합니다. 자, 그러면 운명의 장소로 안내하시오.

포 샤 먼저 예배당에서 서약을 하셔야 합니다. 운명의 선택은 식사 후가 됩니다.

모로코 왕 행운을 빌자. 가장 행복한 사람이 되거나, 아니면 가장 불행한 사람이 되거나 양자택일이다! (코넷 소리, 일동 퇴장)

제2장 베니스, 거리

어릿광대 란슬로트 고보 등장.

란슬로트 정말이지, 내 양심이 나를 도와줄 것이다. 내가 이놈 유대인 주인으로부터 도망친다면 말이다. 악마가 내 팔꿈치에 붙어서 나를 유혹하면서 말하고 있네. "여봐, 고보. 란슬로트 고보, 착한 란슬로트야." 혹은 이렇게 말하고 있네. "착해빠진 고보" 또는 "착한 란슬로트 고보, 다리를 움직여, 출발이다. 줄행랑 쳐라." 하지만 내 양심은 아우성치네. "아니다. 착해빠진 란슬로트, 조심해라. 착한 란슬로트야, 조심하거라." 또는 앞서 말했듯이. "정직한 란슬로트 고보, 도망치지 말라. 뺑소니는 안 된다." 이때 가장 용감한 악마가 나를 부추기지. "뺑소니다!" "도망쳐라!" 악마는 충동질하네. "무엇보다도 용기를 내라. 그리고 도망쳐라." 그런데 말이야, 내 양심이 내 심장의 목에 매달려서 현명한 말씀을 갈겨놓거든. "정직한 친구 란슬로트" — 훌륭한 아버지의 아들이라 했지만 훌륭한 어머니의 아들이라고 말하는 것이 좋을 뻔했어. 아비는 약간 구린내가 나거든. 탄내가 난다 할까. 수상쩍은 냄새가 났지 — 그건 그렇고, 내 양심이 갈기는 거야. "란슬로트, 도망가지 마라!" 악마는 말하는 거야. "도망쳐라!" 양심은 말하는 거야. "도망가지 마라!" 나는 말하지. "양심이여, 당신이 하는 말씀 옳고 옳아요." 나는 또 말하지. "악마여, 당신이 하는 말씀 옳고 옳아요." 양심을 따르자니 하느님 맙소사, 악마 같은 유대인 주인 밑에 있어야 하고, 유대인으로부터 도망치자니 나는 악마의 속삭임에 귀를 기울여야 하는 판국이지. 미안한 말씀이지만, 이 악마 녀석은 그야말로 마귀 같은 악마란 말씀이야. 솔직히 말해서 이 유대인 놈도 악마의 화신 그대로지요. 따라서 유대인 밑에 있으라고 하는 내 양심의 소리는, 솔직히 양심에 걸고 말하지만 지독한 양심입니다. 악마 쪽이 훨씬 친절하네요. 난 도망가렵니다. 악마 나리, 나는 당신의 명령에 따를 것이오. 에라, 달아나자.

　　　늙은 고보가 바구니 들고 등장.

고　보　젊은 양반, 유대인 나리 댁은 어느 쪽입니까?

란슬로트　(방백) 오, 맙소사! 이건 진짜 우리 아버지로구나. 반소경 정도가 아니라 온통 눈이 멀었네. 나를 알아보지 못할 정도로 깜깜

해졌어. 어디, 한바탕 혼 좀 빼주자.

고 보 젊은 신사 양반, 유대인 나리 댁은 어느 쪽입니까?

란슬로트 다음 길모퉁이에서 오른쪽으로 도시오. 그러나 다음 길모퉁
　　　　이에서는 완전히 왼쪽으로 꺾어야 합니다. 그래요, 바로 그다
　　　　음 길모퉁이에서는 어느 쪽으로라도 돌지 말고 고불고불 곧장
　　　　내려가면 그 유대인 나리 집입니다.

고 보 제기랄, 참으로 찾기 힘든 길이로군. 한 가지만 더 묻겠소만 그
　　　　댁에 란슬로트라는 사람 아직 있나요?

란슬로트 젊은 란슬로트 나리 말씀이오? (방백) 어디 두고 보자. 여기서
　　　　눈물의 바다다. 당신이 말하는 사람이 젊은 나리 란슬로트 말
　　　　입니까?

고 보 아닙니다. '나리'가 아닙니다. 가난뱅이 아들입죠. 그의 아비는
　　　　나 자신이 말하기 쑥스러우나 정직하지만 지독하게 가난한 사
　　　　람인데, 하느님 은혜로 잘 살고 있습니다.

란슬로트 아버지 얘긴 그만 덮어두고 아들 양반 나리 얘기나 합시다.

고 보 당신 친구분 되는 보통 사람 란슬로트입니다.

란슬로트 그러니깐 말입니다. 노인 양반, 부탁입니다만 젊은 나리 란
　　　　슬로트에 관해서 말씀하세요.

고 보 괜찮으시겠어요. 보통 사람 란슬로트에 관해서 말씀이죠.

란슬로트 그러니깐 란슬로트 나리 말씀입니다. 영감님, 란슬로트 나리
　　　　얘기는 삼가는 것이 좋겠소. 왜냐하면요. 그 젊은이는 팔자인
　　　　지 운명인지, 운명의 세 여신에 의해 조종당한다는 기묘하고

도 유식한 얘기도 있습니다만, 사실상 죽었습니다. 흔히 하는 쉬운 말로 한다면 하늘나라로 가버렸습니다.

고 보 뭐라고요? 하느님 맙소사! 그 아이는 늙은 이 몸의 지팡이요, 기둥이었다우.

란슬로트 (방백) 내가 몽둥이나 기둥 나무, 지팡이나 기둥으로 보인단 말이냐? 아버님, 저를 알아보십니까?

고 보 안됐지만, 나는 눈이 멀어서 나리를 잘 모르겠습니다.

란슬로트 두 눈이 멀쩡해도 나를 몰라볼 겁니다. 똑똑한 아버지라야 아들을 알아봅니다. 좋아요, 영감. 아들 얘기를 해드리죠. (무릎을 꿇고 앉는다) 부친으로서 제게 축복을 내려주십시오. 진실은 언제나 드러나는 법, 악행은 언제나 폭로되는 법, 사람의 아들은 결국 알려지게 마련입니다.

고 보 제발 일어나십시오, 나리. 나리는 분명 제 아들이 아닙니다.

란슬로트 농담은 이만해두고, 아들에게 축복을 내려주세요. 저는 과거에도, 현재도, 그리고 앞으로도 어른의 아들 란슬로트입니다.

고 보 당신이 내 아들이라, 상상할 수 없소.

란슬로트 그 점에 대해서 저는 어떻게 생각해야 할지 모르겠습니다만 저는 유대인 하인 란슬로트입니다. 아버지 아내이신 마저리는 저의 어머니입니다.

고 보 내 아내 이름은 마저리가 맞다. 그러니 네가 란슬로트라면, 너는 나의 피요 살이다. (그는 란슬로트의 얼굴을 만진다) 아아니, 이럴 수 있나? 웬 수염을 이렇게 길렀단 말인가! 우리 집 우마차

끄는 짐꾼 말 도빈 꼬리에 난 털보다 네 턱에 난 털이 더 많구
나.

란슬로트 도빈 말꼬리는 거꾸로 자라는가 보군요. 지난번 보았을 때는
이 턱수염보다 털이 더 무성했는데요.

고 보 너는 많이 변했구나! 그건 그렇고, 너는 주인 양반과 잘 지내고
있느냐? 그분에게 드릴 선물 하나 갖고 왔다. 주인 양반과 잘 지
내고 있겠지?

란슬로트 좋아요, 좋아. 잘 지내고 있어요. 하지만 저는 지금 막 도망
갈 생각을 하고 있었습니다. 도망가지 않으면 마음이 진정되
지 않아요. 그 주인 양반이 말이죠, 머리끝서부터 발끝까지 유
대인입니다. 그놈한테 선물을 줘요? 목매달 올가미나 주십시
오! 그놈한테 뼈빠지게 봉사하느라 굶어 죽기 직전입니다. 제
갈비뼈로서 제 손가락 하나하나를 다 셀 수 있을 지경입니다.
제때에 잘 오셨습니다. 그 선물은 바사니오 아저씨에게 갖다
주세요. 그분은 훌륭한 새 옷을 마련해주실 겁니다. 그분을 섬
기지 못할 바에야 이 세상 끝까지 도망치겠습니다. 아, 기막힌
행운이로구나! 그분이 오십니다. 그분에게 가십시오. 아버지,
그 유대인 밑에서 더 일하게 되면, 저도 유대인처럼 될 겁니다.

바사니오와 레오나르도가 하인 한두 명 거느리고 등장.

바사니오 그렇게 해다오, 급히 서둘러야 해. 늦어도 다섯 시까지는 저녁
식사 준비를 마치게나. 이 편지를 전달하고, 새 옷을 주문하고,

그레시아노에게 곧장 집으로 오라고 전하라. (하인 한 사람 퇴장)

란슬로트 아버지, 저분에게로 가세요.

고　보 나리께 하느님의 축복이 내리소서.

바사니오 고맙소, 나에게 무슨 용건이 있소?

고　보 우리 아들입니다. 보잘것없는 철부지입니다.

란슬로트 별 볼 일 없는 게 아닙니다. 부유한 유대인 댁 하인입니다. 상세한 얘기는 아버지께서 하실 겁니다.

고　보 저 아이 놈은 큰 포부를 품고 있습니다. 말하자면, 나리 밑에서 일하겠다는 거죠.

란슬로트 요점만을 말씀드리자면, 저는 유대인을 섬기고 있습니다. 제 소망은 아버지가 상세히 설명하겠습니다만…….

고　보 저 아이와 그 주인은, 나리께 감히 말씀드립니다만, 한솥밥을 함께 먹고 살 형편이 못 되기에…….

란슬로트 간단히 핵심만을 말씀드리자면, 그 유대인 놈이 저를 학대했기 때문에, 그 결과로 저는, 결국 늙은 아비가 상세히 말씀드리겠습니다만…….

고　보 나리께 드리려고 여기 비둘기 요리 한 접시를 갖고 왔습니다. 제 소청을 들어주십시오…….

란슬로트 (앞으로 성큼 나서며) 아주 간단하게 말씀드리자면, 그 소청은 제 자신에 관한 것인데, 나리께서도 이 연로하시고 정직하신 분의 말씀을 듣고 아시게 될 것입니다만, 제 입으로 감히 말씀드립니다만, 노인이기도 하고 가난하기도 한 이 분은 제 아버지입니다.

바사니오 두 사람 대신 한 사람만 말해보라. 소청의 내용이 무엇인가?

란슬로트 나리를 주인으로 모시고 싶습니다.

고 보 그것이 바로 소청의 요점입니다.

바사니오 너를 잘 알고 있다. 소청을 받아들인다. 실은 오늘 너의 주인 샤일록과 얘기할 때 자네를 영전시켜달라고 부탁했다. 부유한 유대인 곁을 떠나 가난뱅이 신사에게 봉사하는 일이 영전처럼 되어버렸지만.

란슬로트 제 주인 샤일록과 나리께서는 옛 속담을 함께 나누고 계십니다. 나리께서는 "하느님의 은총을" 그리고 유대인은 "풍부한 재산"을 갖고 계십니다.

바사니오 재미있는 말이로구나. 노인 어른, 아들과 함께 가시죠. 이전 주인에게 작별 인사를 고해라. 그러고 나서 우리 집으로 오게. (하인에게) 이 사람에게는 어느 동료보다도 더 좋은 옷을 주문해 주어라. 잘 부탁하네.

란슬로트 갑시다, 아버지. 나는 좋은 일자리 구할 위인이 못 돼! 혓바닥이 말을 듣지 않아! 문제는 이 손바닥이지. 이 손을 성서에 놓고 맹세해도 좋지만, 이탈리아 전국을 찾아봐도 이보다 더 형편없는 손금을 가진 사람이 있겠는가. 내가 행운을 잡을 것이라고 말하지만, 보아라, 이 조잡한 생명선, 여자 운은 어떤가, 슬프도다! 아내가 기껏해야 열다섯 명, 말도 안 돼. 과부 열한 명에 처녀 아홉 명이라, 사내 한평생에 될 일이냐. 세 번 물에 빠져 죽을 뻔하다가 살아나고, 깃털 이불 속에서 목숨이 위태로운 여난의 위기도 있구나. 시원찮은 액땜이다. 운명의 신은 여신이라고 하는데, 이런 일에는 정이 많은 모양이군. 갑시다, 아버님. 눈 깜짝할 사이에 유대인에게 작별 인사를 하고 오겠습니다. (란슬로트와 늙은 고보 퇴장)

바사니오   레오나르도, 명심해서 일을 잘 처리하도록 해. 지금 말한 물건들을 구입하고, 잘 정리해서 선적하라. 그러고 나서 서둘러서 돌아오너라. 오늘 밤 나는 귀한 손님을 초대해서 연회를 베풀려고 한다. 어서 가보아라.

레오나르도   알겠습니다. 일을 처리하고 오겠습니다.

    그레시아노 등장.

그레시아노   자네 주인 어디 계시냐?

레오나르도   저기 계십니다.

그레시아노   야아, 바사니오!

바사니오   그레시아노!

그레시아노   실은 자네에게 부탁이 있네.

바사니오   그 부탁은 승낙했네.

그레시아노   말리지 말게, 나도 벨몬트까지 따라가겠네.

바사니오   따라오게나. 하지만 그레시아노, 내 말 좀 들어보게나. 자네는 난폭하고, 예의범절이 모자라고, 말을 거침없이 해버리네. 이 같은 성격은 자네다운 데가 있어서 우리들 친구들에게는 물론 결점으로 비치지 않고 있네. 하지만 자네를 모르는 사람들은 자네의 행동을 무절제하다고 볼 것이 틀림없어. 부탁이네. 자네, 그 자유분방한 열탕에 절제라는 냉수를 쏟아놓게. 그렇지 않으면 자네의 거친 행동 때문에 내가 지금부터 가고자 하는 그곳에서 내가 오해를 받게 되는 거야. 그렇게 되면 나의 소원은 물거품으로 사라지네.

그레시아노 그래, 알겠네. 그렇게 하지. 나는 진지한 태도를 지키겠어. 말도 신사처럼 하고, 욕설도 아주 드물게 할 것이며, 호주머니에는 항상 기도서를 품고 다니겠네. 표정은 근엄하게, 식전 기도서에는 이토록 점잖게 모자를 기울여 쓰고, 한숨을 쉬면서 "아멘"이라고 말하겠어. 온갖 예의범절을 지키고, 할머니를 즐겁게 해주기 위해서 애써 근엄한 체하는 그런 사람처럼 행동하겠네. 이렇게 하지 않으면 앞으로 나라는 인간을 믿지 말게.

바사니오 좋아, 어디 두고 보세.

그레시아노 아니야, 오늘 밤은 예외일세. 오늘 밤의 내 행동을 보고 나를 판단하지 말게나.

바사니오 아아, 그럴 리야 없지. 오히려 더욱 더 자유분방한 모습으로 오늘을 지내도록 부탁하고 싶네. 왜냐하면 유쾌하게 놀고 싶은 친구들이 오기 때문이야. 그러면 이만 작별을 고해야 하겠네. 나는 볼일이 좀 있어.

그레시아노 나도 로렌조와 그 밖의 친구들한테 가봐야 하네. 저녁 식사 때 우리 함께 자네한테로 가겠어. (퇴장)

제3장 베니스, 샤일록의 집 앞

문이 열린다. 제시카와 란슬로트가 나온다.

제시카 네가 우리 아버님 곁을 떠난다니 섭섭하구나. 우리 집은 지옥
이야. 유쾌한 악마처럼 네가 있었기 때문에 나는 얼마간 권태
를 달랠 수 있었는데. 하지만 잘 가거라, 여기 송별금 일 두카
트가 있으니 받아줘. 그리고 란슬로트, 오늘 밤 식사 때 너의
새 주인 손님으로 초대받은 로렌조 님을 만나뵙거든 이 편지
를 전해다오. 이 일은 비밀이다. 그러면 잘 가거라. 너와 얘기
하는 모습을 아버지에게는 보여드리고 싶지 않다.

란슬로트 안녕히 계세요! 눈물 때문에 혓바닥이 움직이지 않습니다. 아
가씨 같은 아름다운 이교도는 둘도 없습니다. 당신은 참으로
상냥한 유대인 아가씨예요. 어떤 기독교인이 술책을 써서 당신
을 아내로 맞이해도 당연하지요. 좌우지간 안녕히 가세요! 하
염없는 눈물로 대장부의 기백이 익사할 듯합니다. 안녕히!

제시카 잘 가거라, 란슬로트. 아아, 참으로 흉측한 죄가 이 몸에 고여
그 아버지의 자손 됨을 부끄러워하누나! 비록 나는 그의 피를
이어받았지만, 그의 성격을 물려받지는 않았다. 오, 로렌조,
약속을 지켜만 주시면, 나는 이 고통으로부터 벗어나서, 기독
교도가 되어 당신의 사랑스런 아내가 될 것입니다! (그녀는 안으
로 들어간다)

제4장 베니스, 다른 거리

　　　　그레시아노, 로렌조, 살레리오, 그리고 솔라니오 등장.

로렌조 이렇게 하자. 저녁 식사 때 모두 빠져나와 우리 집에서 가장(假
　　　　裝)을 하자. 그리고 한 시간 내로 모두들 돌아가도록 하세.

그레시아노 아직도 충분한 준비가 되어 있지 않네.

살레리오 횃불잡이도 정하지 않았어.

솔라니오 제대로 준비하지 않으면 꼴불견일세. 그러니 내 생각으로는
　　　　집어치우는 것이 좋겠어.

로렌조 지금 네 시야. 치장하고 준비할 시간이 앞으로 두 시간이야.

　　　　란슬로트, 편지 들고 등장.

　　　　여보게, 란슬로트, 무슨 소식이라도 있나?

란슬로트 나리께서 이 편지를 개봉하시면 자세한 내용을 아시게 될 것
　　　　입니다.

로렌조 이 필적을 과거에 본 일이 있다. 아름다운 글맵시지. 이 글을
　　　　쓴 손은 하얀 편지지보다도 더 하얀 아름다운 손이다.

그레시아노 저건 틀림없이 연애편지야.

란슬로트 그럼 이만 실례하겠습니다.

로렌조 어디로 가려는 거야?

란슬로트 그게 말입니다, 전 주인이신 유대인한테로 가서 새 주인이신

기독교도 댁의 만찬에 오시라는 전갈을 전하러 가는 길입니다.

로렌조 잠깐, 이것 갖게. (그에게 돈을 준다) 가서 제시카에게 말하라. 약속은 꼭 지킨다고 말하게. 은밀하게 전하라. (란슬로트 퇴장)

자, 여러분, 오늘 밤 가장무도회 준비에 착수합시다. 나는 횃불잡이를 구해오겠네.

살레리오 그래, 좋아. 나도 곧 준비에 착수하지.

솔라니오 나도 그러겠네.

로렌조 한 시간 후에 그레시아노 집에서 만나자.

살레리오 좋아, 그렇게 하세. (살레리오와 솔라니오 퇴장)

그레시아노 그 편지 제시카로부터 온 거지?

로렌조 자네에게는 모든 것을 털어놓아야겠네. 제시카는 여기다 적어 놓았군. 어떤 방법으로 그녀의 아버지로부터 그녀를 빼낼 수 있는가, 어느 정도의 금은보화를 그녀가 들고 나올 수 있는가, 어떤 가장무도회 시동 복장을 준비했는가 등등이네. 만일에 그 유대인 아비가 천당에 간다면, 그것은 오로지 딸 덕택이야. 그러니, 불행한 일이 그녀의 앞길을 가로막으면 안 되네. 그 여자가 기독교를 믿지 않는 유대인의 자식이라는 다만 그런 이유 때문에 그렇게 되면 할 수 없네만. 자, 함께 가세. 가면서 이 편지를 읽어보게나. 실은 아름다운 제시카를 나의 횃불잡이로 삼을까 하네. (두 사람 퇴장)

제5장 베니스, 샤일록 집 앞

샤일록과 란슬로트 등장.

샤일록　그래, 너는 알게 될 것이다. 너의 눈으로 너는 이 늙은 샤일록과 바사니오의 차이를 확인하게 될 것이다. 여봐라, 제시카! ― 네놈은 우리 집에 있을 때처럼 배가 터져라 실컷 먹지도 못할 것이다 ― 여봐라, 제시카! ― 네놈은 코를 실컷 골면서 늘어지게 잠도 잘 수 없고, 옷을 함부로 찢지도 못할 것이다 ― 아니, 어찌 된 거냐, 제시카야!

란슬로트　(큰소리로 외친다) 제시카 아가씨!

샤일록　누가 네놈보고 부르라고 했느냐? 네놈보고 부르라는 말 안 했어.

란슬로트　나리께서는 저한테 늘상 말씀하셨죠. 시키지 않는 일은 한 가지도 할 수 없는 녀석이라고 말입니다.

제시카, 문에 나타난다.

제시카　부르셨습니까? 왜 그러세요?

샤일록　제시카, 나는 저녁 식사에 초대를 받았다. 이 열쇠 꾸러미를 맡긴다. 그런데 나는 왜 가야 하지? 내가 초청받은 것은 호의에서 우러나온 것이 아니다. 나에게 아첨하고 싶어서지. 그러니 나도 증오심을 품고 간다. 저 방탕한 기독교도 놈 음식을 실컷

먹어주기 위해서 간다. 제시카, 사랑하는 내 딸아, 집 잘 봐야 돼. 내키지 않는 걸음이야. 마음의 평화를 어지럽히는 일이 벌어질 것 같은 불길한 예감이야. 간밤에는 돈주머니 꿈을 꾸었으니 말이다.

란슬로트 좌우지간 나리, 가십시다. 나의 젊은 주인 양반이 목을 빼고 기다리고 계십니다.

샤일록 그래, 가자.

란슬로트 "모두들 작당해서 가장무도회 꾸민 것을 나리께서 보시게 될 것"이라고 말씀드리려는 것은 아닙니다만, 보시게 되면, 역시 무슨 징조가 있어서 그렇게 되는 겁니다만, 제가 코피를 쏟은 적이 있죠. 작년 부활절 다음 월요일 아침 여섯 시, 말하자면 사 년 전 성회수요일(聖灰水曜日) 오후였습니다.

샤일록 뭐야? 가면무도회가 있다고? 알겠느냐, 제시카, 문마다 열쇠로 잠가라. 북소리가 나도, 목을 비틀며 빽빽 듣기 싫은 소리를 내는 피리 소리가 나도 결코 창문 위로 기어 오르지 말거라. 길거리로 향해 목을 쑥 내밀어도 안 된다. 분칠한 기독교도 놈들의 바보 같은 쌍통을 보려고 하지 마라. 우리 집의 귀는 모조리 틀어막아라, 창문 말이다. 날뛰는 바보들의 흥청대는 소리가 거룩한 우리 집에 스며들면 안 돼. 야곱 조상님 지팡이를 두고 맹세하지만, 나는 어쩐지 오늘 밤 잔칫상 받을 생각이 안 난다. 하지만 가야지. 여봐라, 네놈이 한 발 먼저 가서, 어른께서 당도하신다고 여쭈어라.

란슬로트 그러면 한 걸음 먼저 뜁니다. (떠날 때 그는 문 옆을 지나면서 제시카에게 속삭인다) 아가씨, 무슨 일이 있어도 창문을 내다보세요, 기독교도 한 사람이 지나갈 겁니다. 유대인 아가씨 눈에 쏙 들겁니다. (퇴장)

샤일록 저 망아지 같은 놈, 바보 같은 놈. 뭐라고 말했나?

제시카 "아가씨, 안녕히 계세요" 였어요.

샤일록 저 바보 녀석, 사람은 괜찮은데 너무 처먹어. 돈벌이는 달팽이처럼 느리고, 대낮에도 살쾡이처럼 잠만 자지. 게으른 꿀벌을 집에 놔둔 셈이지. 그러니 우리 집에 놔둘 수 없어. 저놈을 내보내기로 했다. 저 녀석을 채무자 양반 댁으로 보내 빌린 돈을 축내는 데 도와주도록 했다. 자, 제시카, 집 안으로 들어가라. 나도 곧 돌아오마. 시키는 대로 해야 돼. 문을 단단히 닫아두거라. 야무지게 지키면 느는 게 재산이다. 옛 격언이지만 절약하는 사람에게는 맞는 말이야.

제시카 안녕, 아빠. (혼잣말로) 일이 잘 진행되면, 이것으로 작별이에요. 나는 아버지를, 아버지는 딸을 잃게 되죠. (퇴장)

제6장 베니스, 샤일록의 집 앞

그레시아노, 살레리오 가장하고 등장.

그레시아노　이곳이 바로 그 처마 밑이야. 로렌조가 우리보고 가서 있
　　　　으라는 곳이네.

살레리오　약속한 시간이 지났어.

그레시아노　그 친구가 시간을 안 지키다니 이상한 일이야. 연인들이란
　　　　언제나 약속 시간보다 일찍 달려오는 법인데.

살레리오　아, 사랑의 여신 비너스의 수레를 끄는 비둘기도 사랑의 약
　　　　속을 맺기 위해서는 날아가는데, 이미 맹세한 사랑을 나누기
　　　　위해서는 열 배나 더 빠른 속도를 내는 법이야.

그레시아노　그건 당연한 일이지. 왕성한 식욕을 갖고, 식탁에 앉은 사
　　　　람이 그 식욕을 채우지 못하고 일어서는 경우가 어디 있겠는
　　　　가? 뛰는 말도 마찬가지야. 같은 길을 갔다가 돌아설 때, 갈 때
　　　　의 활기찬 걸음걸이로 올 수는 없어. 세상사가 다 그래. 손에
　　　　넣은 후보다는 뒤쫓을 때가 더 좋은 법이야. 화려한 깃발로 장
　　　　식하고 고향 항구를 떠나가는 배는 어떤가? 젊은 귀공자처럼
　　　　또는 천하의 방탕아처럼 보이지 않는가. 매춘부 품에 안긴 바
　　　　람난 젊은이로 보이지 않는가? 그런데 고향 항구로 돌아올 때
　　　　는 어떤가. 선체와 돛이 바람에 시달려 갈기갈기 찢기고 헐어
　　　　빠진 것처럼, 방탕아는 그처럼 야위고 찢기고 거지꼴이 되었

으니!

　　로렌조, 급히 온다.

살레리오　여기 로렌조가 오는군. 이 얘기는 나중에 하세.

로렌조　여보게들, 미안하네. 오랜 시간 기다리게 했네. 자네들을 기다리게 만든 것은 내가 아니라, 내 일 때문이야. 자네들이 앞으로 아내로 맞이할 여인을 훔쳐낼 때에는, 나도 오늘 너희들처럼 오랫동안 기다려줄 테다. 이곳이 내 장인이 사는 유대인 집이야. 여봐라, 누가 있느냐?

　　제시카가 소년 복장으로 이층 무대 창문 앞에 등장.

제시카　누구세요? ― 확실하게 해두기 위해선데 이름을 대세요. 물론 저는 목소리로 짐작이 갑니다만.

로렌조　그대의 애인 로렌조야.

제시카　로렌조로군요. 그렇군요. 나의 님, 나의 사랑, 로렌조이지요. 이토록 사랑하는 것은 당신뿐이에요, 로렌조. 이 몸이 당신 것이라는 믿음은 로렌조, 당신 때문이죠.

로렌조　당신이 내 사랑인 것은 하늘과 당신의 마음이 그 증거다.

제시카　여기 이 상자를 받으세요. 받을 만한 가치가 있어요. (상자를 아래로 던진다) 정말이지, 밤이기에 다행이다. 제 얼굴을 볼 수 없으니. 정말이지, 나의 변장 때문에 부끄러워 죽겠네. 그래서 사랑에 눈이 멀었다고 말하는가 봐. 사랑에 빠지면, 자신이 하고 있는 어리석은 짓이 보이지 않는다는 거야. 알게 되면, 큐피드 자신도 얼굴이 붉어질 거다. 사내아이처럼 변장한 내 모습을 보고 말이지.

로렌조 내려오세요. 그대는 나의 횃불잡이가 되어야 해요.

제시카 뭐라고요? 제 모습을 창피하게 드러내라고요? 이대로라도 너무나 환하게 드러나는데요? 횃불을 들면 제 모습이 금세 발각되죠. 저는 이 모습을 감추고 싶어요.

로렌조 당신 모습은 숨겨져 있습니다. 그 사랑스러운 남자아이 복장 속에 감춰져 있지요. 여하튼 빨리 내려오세요. 비밀을 지켜주는 밤의 장막은 눈 깜짝할 사이에 사라집니다. 바사니오 댁 잔칫상이 우리를 기다리고 있소.

제시카 그렇다면 급히 문단속을 하고, 좀 더 돈을 챙기고, 곧 당신 곁으로 가겠어요. (이층 무대에서 퇴장)

그레시아노 맹세하지만, 그녀의 상냥한 성품으로 보아 유대인 같지 않아.

로렌조 맹세하지만, 나는 그녀를 마음속 깊이에서 사랑한다. 내 판단력에 이상이 없다면, 그녀는 현명한 여인이다. 내 눈이 진실하다면, 그녀는 미모의 여인이다. 그녀 자신이 입증하고 있지만, 그녀는 충실한 여인이다. 그러기 때문에 나는 현명하고 아름답고 충실한 저 여인을, 변함없는 이 가슴속에 품고 싶은 것이다.

제시카 아래 무대에 등장.

드디어 왔구나. 그러면 여러분, 출발합시다! 가장무도회 친구들이 우리가 오기를 기다리고 있소. (제시카는 살레리오와 퇴장)

안토니오 등장.

안토니오 누구냐?

그레시아노 안토니오 아닌가?

안토니오 무엇을 하고 있나, 그레시아노. 다른 친구들 어디 있어? 벌써 아홉 시야. 모두들 자네를 기다리고 있어. 오늘 밤 무도회는 중지됐어. 순풍이 불었네. 바사니오는 곧 배를 타야 한다네. 자네 찾느라고 사방으로 사람들이 뛰고 있어.

그레시아노 그건 잘된 일이야. 배를 타고 오늘 밤 떠난다니 그보다 더 기쁜 소식은 없네. (두 사람 퇴장)

제7장 벨몬트, 포샤의 집 방

화려한 코넷 소리. 포샤, 모로코 왕, 그리고 시종들 등장.

포 샤 자아, 그 커튼을 열어라. 그 안에 있는 세 개의 상자를 고귀하신 왕께 보여드려라.

시종들이 커튼을 젖히고 탁자 위에 놓인 상자를 보여준다.

이제 선택을 하십시오.

모로코 왕 첫째 상자는 금상자로구나. 상자 위에 명문(銘文)이 적혀 있네. "나를 선택하는 자는 만인이 원하는 것을 얻을 것이다." 다음은 은상자로구나. 이 같은 약속이 적혀 있네. "나를 선택하는 자는 신분에 알맞은 것을 얻으리라." 세 번째 상자는 형편없는 납상자로구나. 역시 형편없는 경고문이 적혀 있네. "나를 선택하는 자는 전 재산을 내놓고 모험을 해야 한다." 상자를 올바르게 선택한 것을 어떻게 알 수 있나요?

포 샤 어느 한 상자 속에 저의 초상화가 들어 있습니다. 그 상자를 선택하면 저는 당신의 아내가 됩니다.

모로코 왕 신이여, 저의 올바른 판단력을 인도하소서! 어디 보자. 명문을 다시 읽어보자. 납상자에는 뭐라고 쓰여 있더라. "나를 선택하는 자는 전 재산을 내놓고 모험을 해야 한다." 내놓는다니? 납덩이를 위해? 납덩이를 위해 내놓으라고? 이건 협박이로구나. 인간들이 모든 것을 걸고 모험을 하는 것은 그 이상의 이득을 얻기 위해서다. 마음이 황금 같은 사람은 형편없는 일에 머물지 않는다. 나는 납덩이 같은 것을 위해 무엇이든 내던지고 싶지는 않아. 순결한 여인의 빛을 지닌 은빛 상자는 뭐라고 말하고 있는가? "나를 선택하는 자는 신분에 알맞은 것을 얻으리라." 신분에 알맞은 것이라고? 잠깐, 모로코 왕인 이 몸의 가치를 공정한 저울로 달아보지 않으면 안 돼. 나에 대한 세상 평가에 따른다면, 내 신분에 알맞은 것은 이 세상 모든 것을 포함할 것이다. 그런데 그 모든 것이 포샤 아가씨까지 포함하고 있는 것일까? 나 자신의 가치에 대해서 의심을 품는다는 것은 나 자신이 나약하고 무능한 인간이라는 것을 자인하는 일이 된다. 내 신분에 알맞은 것! 아니, 그것은 바로 포샤 아닌가. 가문이 훌륭한 것을 보면 나는 신분이 그녀와 맞는다. 풍부한 재산, 우아한 인품, 높은 교양 등이 그녀와 맞는다. 무엇보다도 사랑의 깊이에 있어서 나는 그녀와 맞는다. 더 이상 망설이지 말자. 이것을 선택하면 어떨까? 다시 한번 금상자에 적힌 명문을 읽어보자. "나를 선택하는 자는 만인이 원하는 것을 얻을 것이다." 그것이 바로 포샤이다. 온 세상이 그녀를 구하고 있다. 이 세상 구석구석에서 모두가 이곳으로 모여들고 있다. 이 성당에, 살아 숨 쉬는 이 성처녀에게 입 맞추기 위해서. 히르카니아의 황야도, 저 광활한 아라비아의 황무지도, 아름다운 포샤 아가씨를 보러 오는 귀공자들에게는 탄탄대로가 되었다. 야심찬 머리를 쳐들고 하늘의 얼굴에 침을 뱉는 바다의 왕국도, 바다 건너 몰려오는 청혼자들의 발길을 막지 못하네. 그들은 개울 건너오듯 아름다운 포샤를 보기 위해 가벼운 걸음걸이로 달려오고 있다. 이 세 가지 상자 한 곳에 천사 같은 포샤의 모습이 있다. 납상자인가? 그런 천박한 생각은 상상만 해도 저주를 받는다. 무덤 속에서 그녀의 시신을 덮는 관뚜껑으로도 부적합하다. 그렇다면 은으로 된 관 속에 가두는 일을 상상할 수 있겠는가? 그것은 순금의 십분의 일의 가치도 없어!

생각만 해도 죄가 된다! 이토록 고귀한 보석이 금 이하의 판에 박힌 일은 없어. 영국에는 천사의 모습을 조각한 금화가 있어. 그러나 그것은 다만 표면에 새겨져 있을 뿐이야. 그러나 여기서는 천사가 황금 침대 위에 누워 있어. 열쇠를 주시오. 나는 이 금상자를 선택하겠소. 내 소원이 성취되기를 바라오.

포 샤   자, 열쇠를 받으세요. 제 모습이 그 속에 있으면, 저는 당신의 차지가 됩니다!

    그는 황금 상자를 연다.

모로코 왕   아, 이게 어찌 된 일이냐! 해골바가지다. 텅 빈 눈구멍에는 두루마리가 들어 있구나. 읽어보자.

"반짝인다고 해서 모두가 황금은 아니다."
이런 말을 그대는 들었을 것이다.
겉모습만을 보고 수많은 사람들이 목숨을 팔았다.
황금 칠한 무덤 속에는 구더기뿐,
그대가 용감한 것처럼 슬기로웠다면,
사지는 싱싱한데 능숙한 판단력이 있었더라면,
두루마리에 이런 대답은 없었을 것이다.
잘 가거라, 그대의 청혼은 싸늘하게 식었도다.

꿈은 사라졌다. 그렇다, 모든 노력은 허사가 되었다. 잘 가거라, 사랑의 열정이여. 오너라, 싸늘한 현실이여. 안녕히, 포샤, 작별이오. 가슴이 아파 긴 인사는 못 하겠소. 패자는 물러갑니다. (그는 시종들과 퇴장)

포 샤 점잖게 떠나버렸구나. 커튼을 치고, 가자. 피부색이 저런 사람은 모두 저렇게 선택했으면 좋겠다. (퇴장)

제8장 베니스, 거리

살레리오, 솔라니오 등장.

살레리오 여보게, 나는 바사니오가 배를 타고 떠나는 모습을 보았어. 그와 함께 그레시아노도 함께 떠났네. 그런데 로렌조는 배에 타지 않았어.

솔라니오 그놈의 유대인이 고래고래 고함을 질러 공작님을 깨웠는데, 공작님도 그 악당과 함께 배를 찾으러 나섰네.

살레리오 때는 너무 늦었어. 배가 출항한 다음이야. 그러자 공작님에게 소식이 전해졌지. 로렌조와 그의 연인 제시카가 곤돌라 배를 타고 떠났다는 거야. 이와는 달리 안토니오는 공작님께 분명히 증언을 했어. 연인들은 절대로 바사니오 배를 타지 않았다고 말일세.

솔라니오 유대인 놈이 그렇게 화내는 거 처음 봤어. 미친 듯이, 해괴망

측하게, 격분해서 거리에서 펄펄 뛰며 유대인 개 짖어대듯 고함 소리를 지르고 있었으니 말이야. "내 딸! 오, 내 돈! 아, 내 딸년이! 기독교도와 도망쳐! 아, 기독교도 놈이 챙긴 내 돈! 재판이다! 법률이다! 내 돈이다! 내 딸이다! 봉인한 보따리, 두 개의 봉인한 돈 보따리, 두 배의 값이 나가는 돈 보따리를 내 딸년이 훔쳤어! 그리고 보석! 보석이 두 개, 두 개의 귀중한 보석을, 내 딸년이 훔쳤어! 재판이다! 딸년을 찾아라! 내 돈과 보석을 딸년이 갖고 갔어!" 이렇게 말이다.

살레리오 그랬더니 베니스 거리에 있는 아이들이 줄줄이 그의 뒤를 쫓아다니며, 보석이다, 내 딸년아, 돈이다라고 함께 짖어대는 거다.

솔라니오 안토니오도 정신 차리고 돈 갚는 날을 지켜야 돼. 그렇지 않으면, 큰 봉변을 당할 걸세.

살레리오 그래서 생각났는데, 어제 어느 프랑스인과 만나서 얘기를 했어. 그 남자 얘기로는 프랑스와 영국 경계에 있는 그 좁은 해협에서 짐을 잔뜩 실은 우리나라 배가 난파당했다는 거야. 그 얘기를 듣는 순간 나는 안토니오 생각을 했어. 그리고는 마음속으로 그의 배가 아니었으면 하고 기원했네.

솔라니오 그 소식, 안토니오에게 알리는 것이 좋겠어. 하지만 느닷없이 불쑥 내뱉지는 말게, 상심할 테니깐.

살레리오 그렇게 마음씨 착한 사람은 이 세상에 둘도 없어. 바사니오와 안토니오가 헤어지는 것을 보았는데, 바사니오가 그에게 될수록 빨리 돌아오겠노라고 말을 하니, 그는 응답하는 거야. "서두를 필요는 없네. 나 때문에 성급하게 일을 망치면 안 돼. 바사니오, 때가 무르익을 때까지 기다려야 해. 그 유대인이 나로부터 받아낸 증서 따위는 연정으로 가득 찬 네 마음속에 끼어들면 안 돼. 밝은 마음으로, 어떻게 하면 상대방의 사랑을 얻을 것인가, 그러기 위해서는 어떤 사랑의 표현이 적절할 것인가, 이런 생각만으로 마음이 가득 차 있어야 해." 안토니는 이렇게 말하면서 눈물에 젖고 있었어. 그는 얼굴을 돌리고 손을 뒤로 내밀고 있었어. 그러고는 뜨거운 우정으로 바사니오의 손을 꼬옥 잡는 거야. 그리고 나서 두 사람은 작별했지.

솔라니오   아마 그에게 사는 유일한 기쁨은 바사니오에 대한 우정일 것이다. 자, 그러면 이제부터 그를 찾아 나서자. 아무튼 유쾌한 일로 그의 울적한 마음을 털어내주자.

살레리오   그렇게 하세. (두 사람 퇴장)

제9장 벨몬트, 포샤의 집 홀

네리사와 하인 한 사람 등장.

네리사   자, 급히 커튼을 열어줘. 아라곤의 영주께서 서약을 마치셨으니, 곧 이곳에 오셔서 상자 선택을 하실 거다.

코넷 소리.

아라곤 왕, 포샤, 그리고 각기 시종들 등장.

포 샤 보세요, 저기 상자가 있습니다. 만일에 저의 초상이 들어 있는 상자를 선택하시면 즉시 우리들 결혼식이 올려집니다. 하지만 잘못 선택하시면, 아무 말씀도 하지 마시고 즉시 물러가셔야 합니다.

아라곤 왕 나는 조금 전에 세 가지 조건을 지킨다고 서약했소. 첫째, 내가 어떤 상자를 선택했는지 타인에게 발설하지 않는다. 둘째, 그 상자를 선택하지 못하면, 평생 누구에게도 청혼하지 않는다. 그리고 마지막으로, 불행하게도 선택을 잘못하면, 즉시 작별 인사를 하고 물러간다.

포 샤 그 세 가지 조건은 이토록 별 볼 일 없는 소녀를 위해 운명을 걸어보려는 구혼자들 모두가 지키겠다고 합니다.

아라곤 왕 나도 그런 각오는 돼 있습니다. 자아, 운명이여, 내 소원을 풀어 다오! (그는 달려가 상자들을 살펴본다) 금, 은, 그리고 싸구려 납상자로구나. "나를 선택하는 자는 전 재산을 내놓고 모험을 해야 한다." 더 아름답지 못하면 모든 것을 바치고 모험하지 않을 것이다. 금상자에는 무엇이라고 써 있는가? 음, 뭐라고? "나를 선택하는 자는 만인이 원하는 것을 얻을 것이다." 만인이 원하는 것! 만인의 뜻은 어리석은 대중일 것이다. 그들은 겉모습만으로 사물을 선택하고, 그들의 어리석은 눈이 가르치는 것 이상의 것을 배우지 못한다. 그들은 사물의 내면을 보지 못한다. 그래서 그들은 제비처럼, 비바람 지나가는 담벼락에 둥지를 짓는다. 나는 만인이 원하는 것을 선택하지는 않겠다. 나는 무지몽매한 평민들과 섞이고 싶지도 않고, 어중이떠중이 대중들과 날뛰고 싶지도 않다. 그렇다면 그대, 은으로 된 보석이여, 너에게 새겨져 있는 명문을 다시 한번 말해다오. "나를 선택하는 자는 신분에 알맞은 것을 얻으리라." 아주 좋은 글귀로구나. 인간이란 누구나 자신의 가치를 망각하고 운명을 탓하기만 하면서 세상의 존경을 받을 수는 없다. 신분에 맞지도 않는 영광의 옷을 걸칠 수는 없다. 아아, 신분·계급·관직 등이 부정한 수단으로 얻어지지 않고, 깨끗한 명예가 당사자에 어울리는 가치에 의해 얻어지는 세상이 되었으면 좋겠다! 그렇다면, 지금 지위가 낮은 자들은 몇 명이나 고위직에 닿을 수 있을까! 지금 주인 행세를 하고 있는 자는 몇 명이나 하인이 될 수 있을까! 비천한 씨앗이 고귀한 씨앗으로부터 얼마나 가려내질 것인가! 그리고 고귀한 인재들이 이 세상 쓰레기와 검불더미로부터 얼마만큼 건져져서 새로운 명예를 얻을 수 있을 것인가! 선택을 하자. "나를 선택하는 자는 신분에 알맞은 것을 얻으리라." 나는 내 신분에 알맞은 것을 선택하겠소. 이 자리에서 즉시 나는 내 운명의 문을 열어보겠소. (그는 은상자를 연다)

포 샤 (방백) 그런 것을 발견하기 위해 너무 오랫동안 머뭇거리셨네요.

아라곤 왕　이건 뭐냐? 눈을 끔벅이는 바보 초상이 글씨를 내보이네! 읽어보자. "그대는 포샤와 닮지 않았다!" 그래, 나의 소망, 나의 가치와도 너무나 거리가 멀어! "나를 선택하는 자는 신분에 알맞은 것을 얻으리라!" 그렇다면 나에게 알맞은 것은 바보 머리통뿐이란 말인가? 이것이 내가 받을 보상인가? 내 가치가 겨우 이것뿐이란 말인가?

포 샤　죄짓는 자와 재판하는 사람은 그 직책이 서로 다릅니다, 서로 정반대의 기능입니다.

아라곤 왕　무엇이라고 적혀 있는가?

이 상자는 일곱 번이나 불로 단련되었다.

판단력도 그만큼 단련되어야 한다.

그래야만 올바른 선택을 할 수 있다.

이 세상에는 허상에 입 맞추는 자 있으니,

그는 허망한 축복만을 받을 것이다.

이 세상에는 은으로 본성을 감추고 있는 바보 있으니,

내가 바로 그런 본보기가 된다.

그대 어떤 아내를 맞이해서 잠자리로 가더라도,

그대는 언제나 나 같은 바보 머리통이 된다.

그러니, 떠나라. 그대의 운명은 끝났도다.

그렇다면 한시바삐 이곳을 떠나자. 오래 있을수록 바보처럼 보일 것이다. 이곳에 올 때 나는 바보 얼굴을 하고 왔다. 돌아갈 때는 이렇게 바보 얼굴이 두 개가 되었구나. 잘 있어요, 포샤. 맹세한 것은 지켜야죠. 괴로운 생각을 누르면서 한평생 참고 지내죠.

아라곤 왕과 그 시종들 퇴장.

포 샤 또 한 마리의 불나방이 불꽃에 날아들어 몸을 태웠네. 생각만은 멀쩡한 바보들! 지혜를 짜도, 그릇된 선택밖에 못 하는 어리석은 지혜로다.

네리사 교수형과 결혼은 운명 소관이라고 말한 옛 격언은 정말이지 지당한 말씀입니다.

포 샤 커튼을 쳐라, 네리사.

하인 등장.

하 인 아가씨, 어디 계십니까?

포 샤 여기 있다. 무슨 일인가?

하 인 방금 문전에서 젊은 베니스 사람이 말에서 내렸습니다. 한 걸음 앞서서 주인 양반 도착을 알리기 위해서랍니다. 그 주인 양반이 아주 정중한 인삿말 외에도 말하자면 모양이 있는 인사, 즉 고가의 선물을 지참하고 오셨습니다. 그분은 사랑의 사자로서는 아주 어울리는 분이셨습니다. 풍성한 여름철이 다가왔음을 알리는 춘사월 화창한 날도 한발 앞서 온 이 전령보다 더 상쾌하지는 못할 것입니다.

포 샤 그만해둬라. 그가 네 친척이라고 말하지 않을까 걱정이 된다. 온갖 지혜를 다 짜서 칭찬을 하니 말이다. 네리사, 가보자. 그토록 멋진 큐피드의 사자라면, 한시라도 빨리 만나고 싶다.

네리사 그분이 바사니오 님이라면 얼마나 좋을까! (일동 퇴장)

제3막

제1장 베니스, 거리

솔라니오와 살레리오 등장.

솔라니오 그래, 거래소에서는 무슨 소식이라도 있었나.

살레리오 바로 그 소문이 시중에 쫙 퍼졌어. 안토니오의 배가 화물을 잔뜩 실은 채 해협에서 난파됐다는 소문 말이다. 그 장소가 굿 윈즈라는 곳인데, 너무나 위험하고 치명적인 여울이라 수많은 난파선들이 묻혀 있다는 얘길세. 물론 '소문'이라고 하는 그 노파가 정직한 여자라고 한다면 말일세.

솔라니오 그 얘기에 관해서만은 그 소문 노파의 말이 거짓말이었으면 좋겠네. 생강을 씹거나, 세 번째 남편이 죽어서 울고 있다고 이웃 사람들을 설득해서 믿게 만드는 소문 노파처럼 말이야. 그런데 거짓말이 아니라 사실이라네. 길게 늘어놓을 필요 없이 얘기의 요점을 간단명료하게 말한다면, 그 착해빠진 안토니오가, 정직한 인간 안토니오가, 아, 그 이름에 어울리는 칭호가 있었으면 좋겠는데!

살레리오 여봐, 얘기의 결론을 말해보게나.

솔라니오 하! 뭐라고 했는가? 결론은 간단하지. 그는 한 척의 배를 잃었네.

살레리오　그것으로 그의 손실이 끝이 났으면 좋겠는데.

솔라니오　나도 급히 "아멘"이라고 말해두겠네. 악마가 내 기도를 방해
　　　　할는지도 모르기 때문이야. 여보게, 악마가 오고 있네. 그는
　　　　유대인 모습을 하고 있는걸.

　　　샤일록 등장.

　　어이, 샤일록! 상인들 사이에 무슨 소식이라도 있나?

샤일록　당신들은 잘 알고 있겠죠. 당신들 말이오. 내 딸이 달아난 것 말
　　　　이외다.

살레리오　그거야 분명한 사실이죠. 나는 말이죠, 당신 딸이 날아가도
　　　　록 날개를 달아준 재봉사를 알고 있소.

솔라니오　적어도 샤일록만은 작은 새에 날개가 돋아난 것을 알고 있을
　　　　것이다. 날개가 있으면 어미 곁을 떠나는 것이 새끼 새의 본성
　　　　이라는 것쯤은 알고 있겠지.

샤일록　그년은 천벌을 받게 될 것이다.

살레리오　악마가 재판관이면 그렇게 되겠죠.

샤일록　아, 나의 혈육이 나를 배반하다니!

솔라니오　송장 같은 늙은이! 그 나이에도 피와 살에 부대끼는 색정(色
　　　　情)이 남았단 말인가?

샤일록　혈육이란 내 딸 얘기다.

살레리오　자네 살과 딸의 살은 흑옥과 상아의 차이만큼 크네. 자네 피

와 딸의 피는 빨간 포도주와 라인산 백포도주 차이보다 더 크네. 그건 그렇고, 말해보게나. 들어서 알겠지만 안토니오가 바다에서 큰 손해를 보았는지 아닌지 말 좀 해주게나.

샤일록 딸을 잃고 대출금까지 잃게 되었어. 파산자, 방탕아, 그놈은 이제 거래소에 얼굴을 못 내밀 것이다. 지금까지는 말쑥하게 차리고 거래소에 나타나곤 했는데, 거지 같은 자식, 이젠 어림도 없다. 그 증서를 잊지 마라! 나를 보기만 하면 고리대금업자라고 수군댔는데, 증서를 잊지 마라! 무이자로 돈을 빌려주는 기독교도의 호의를 지껄여댔는데, 그 증서를 잊지 마라!

살레리오 설마 계약 위반이라고 살점을 뜯어내려는 것은 아니겠지 — 그렇게 한들 무슨 소용이 있는가?

샤일록 물고기 낚는 미끼는 될 거요. 배불리 먹을 수는 없어도, 내 복수심은 충족될 수 있어. 그 사람, 나를 모욕했어. 그 사람의 방해로 나는 오십만 두카트를 손해봤지. 내가 손해를 보면, 나를 비웃었어. 내가 이득을 보면, 나를 조롱했어. 우리 민족을 경멸했지. 내 장사를 괴롭혔어. 내 친구를 이간질했고, 내 적들을 충동질했지. 그가 이런 짓거리를 하는 이유를 나는 모르겠소. 내가 유대인이기 때문에 그렇지. 유대인은 눈도 없다더냐? 유대인은 손도 오장육부도 사지오체(四肢五體)도 감각도 감정도 정열도 없다더냐? 기독교도와 무엇이 달라? 똑같은 음식을 먹고, 똑같은 무기로 상처를 입으며, 똑같은 병에 걸리고, 똑같은 약으로 치료를 받으며, 똑같이 겨울에는 추위에 떨고, 여름에는 더위를 타지. 여러분과 똑같이 우리도 바늘에 찔리면 피가 나지요. 간지럽히면 웃음이 터져요. 독을 마시면 죽게 되고, 우리를 해치면 복수를 하게 되지요. 나머지 모든 점에서도 같다면, 이 점에서도 마찬가지입니다. 유대인이 기독교도를 모욕한다면, 기독교도는 자비심을 베풉니까? 복수를 하지요! 만일에 기독교도가 유대인을 모욕한다면, 그는 기독교도를 본받아 관용을 베풀어야겠소? 역시 복수를 하겠지요! 당신네들이 가르쳐준 악독한 복수를 나도 해볼 참이요. 악착같이 배운 것 이상으로 흉측하게 해내겠소.

안토니오의 하인이 등장.

하 인 두 분 나리께 말씀드립니다. 안토니오 나리께서는 댁에 와 계신데, 두 분 나리들과 말씀을 나누고 싶어 하십니다.

살레리오 우리도 사방으로 그분을 찾아다녔다.

튜발 등장.

솔라니오 유대인 족속이 또 한 명 오는군. 저 두 놈이 뭉치면 세 번째는 누가 와도 당할 수 없다. 악마 자신이 유대인으로 둔갑한다면 별 문제지만. (솔라니오, 살레리오, 하인 퇴장)

샤일록 아, 튜발이냐! 제노아 소식은 무엇인가? 내 딸 봤는가?

튜 벌 사방팔방에서 따님의 소문은 들었습니다만 찾을 수가 없군요.

샤일록 그렇다면, 그래, 그래, 아, 그렇군. 다이아몬드를 잃어버렸네.

내가 프랑크푸르트에서 이천 두카트로 구입한 물건이야! 지금 껏 우리 종족에게 이런 저주가 내린 적이 없다. 지금까지 나는 그것을 느껴본 적이 없다. 그 다이아몬드 값만으로도 이천 두 카트이다. 그리고 그 밖의 귀중한 보석들, 그 보석들은 어떻게 하면 좋은가? 아, 그년 귀에 보석 귀걸이만 남아 있으면, 딸년 은 죽어도 좋다. 갖고 간 돈만 발견되면, 그년은 입관되어 내 발아래 자빠져 있어도 좋다. 그들에 관해서 내가 이렇게 깜깜 무소식일 수 있는가? 사람 찾는 데 쓴 돈이 얼만지도 모르겠 어. 그러니 여보게, 손해에 또 손해가 겹쳤어! 도적이 돈을 많 이 훔치고 달아났는데, 그 도적을 찾는답시고 또 큰돈을 썼건 만, 아무 성과도 없고, 복수를 한 것도 아니고, 불행한 일들만 연속으로 쌓이고 쌓여 내 어깨를 짓누르고 있으니, 세상의 한 숨은 모두 내 입에서 터져 나오고, 세상의 눈물은 모두 내 눈에 서 쏟아져 나오는 꼴이 되었네.

튜벌 아니올시다. 불행한 사람은 또 있어요. 제노아에서 들은 얘기 인데 안토니오라는 사람이……

샤일록 뭐야, 뭐야, 뭐야? 불행한 일인가, 불행한 일인가?

튜벌 트리폴리스로 돌아오는 도중 상선 한 척이 난파했다는 소식입 니다.

샤일록 고마운 일이다, 고마운 일! 사실이지, 사실이지?

튜벌 그 난파선에서 구조된 선원들과 얘기했어요.

샤일록 튜발, 반가운 소식이야, 고맙네. 좋은 소식이지, 좋은 소식이야. 핫하! 제노아에서 들었다고!

튜 벌 따님께서 제노아에서 하룻밤에 팔십 두카트를 썼다는 얘기도 들었습니다.

샤일록 자네 내 가슴에 칼을 꽂고 있어. 두 번 다시 내 돈을 볼 수 없단 말인가. 팔십 두카트를 한꺼번에 썼어, 팔십 두카트를!

튜 벌 나는 안토니오의 채권자들과 함께 베니스로 돌아왔는데, 그는 파산을 면하기 어려울 것이라는 얘기입니다.

샤일록 그것 반가운 얘기로다. 알았다, 혼 좀 내주마. 괴롭혀주마. 아주 반가운 소식이다.

튜 벌 채권자 한 사람이 반지를 보여주었는데, 따님에게 원숭이 한 마리를 주고 받은 것이랍니다.

샤일록 죽일 년! 튜발, 자네는 나를 괴롭히고 있네. 그것은 터키석 반지였네. 내가 총각 때 아내 레아에게서 받은 것이었어. 황야에 잔뜩 깔린 수많은 원숭이를 준다 해도 그것과는 바꿀 수 없어.

튜 벌 안토니오가 망하게 된 것은 기정사실입니다.

샤일록 그래, 그렇다. 튜발, 지금 곧 가서 돈을 주고 관리 한 사람을 부탁해놓게. 두 주일 전에 예약을 해야 돼. 그놈이 위약하면 심장을 한 토막 떼어내겠어. 그놈을 베니스에서 제거하면, 나는 마음대로 장사를 할 수 있지. 자, 가보게, 튜발. 나중에 회당에서 만나세. 부탁이다, 튜발. 튜발, 회당에서 만나자.

튜발은 떠나고 샤일록은 집 안으로 들어간다.

제2장 벨몬트, 포샤의 집 홀

바사니오, 포샤, 그레시아노, 네리사, 시종들 등장.

포 샤 서둘지 마시고 하루 이틀 머물러 계시다가 선택하십시오. 행여 잘못 선택하시면 작별입니다. 그러니 좀 더 기다리세요. 저는 이것이 사랑인지 아닌지는 알 수 없지만, 다만 당신과 헤어지기 싫은 심정입니다. 아시겠지요, 이런 심정은 증오심에서 시작된 것이 아닙니다. 저의 마음을 오해하지 않도록 하기 위해 ─ 처녀는 속마음을 털어놓는 일이 서툴지만 ─ 저를 위한 운명의 선택을 하기 전에 한 두어 달 머물러 계시도록 권하고 싶습니다. 물론 저는 옳은 상자를 사전에 알려드릴 수도 있어요. 그러나 그것은 서약을 위반하는 일이기에 그렇게 할 수는 없지요. 그러다가 잘못 선택하게 되면, 나중에 '서약을 깰 것을' 하고 후회하는 죄악을 범할지도 모르죠. 매혹적인 당신의 눈이 문제지요. 그 눈동자에 제 마음은 찢겼습니다. 반 토막 난 제 마음의 반쪽은 당신 것, 나머지 반쪽도 당신의 것, "그것이 내 것"이라고 말하고 싶지만, 나의 것은 당신의 것, 그러기 때문에 모든 것은 당신의 것. 아, 야속한 세상이여, 자기 것이면서도 소유권을 행사하지 못하다니! 그래서 저는 당신의 것이면서도 당신 것이 아니옵니다. 그렇다면, 지옥에 떨어지는 것은 저 자신이 아니라 운명 그 자체가 되죠. 말이 너무 길었어요, 그 까닭은 시간에 무거운 추를 달아 가능한 대로 시간의 흐름을 느릿느릿 연장하여 상자 선택을 연기시켰으면 하는 간절한 바람 때문입니다.

바사니오　하지만 선택하도록 해주십시오. 이대로 있으면 고문대에 얹혀 있는 기분입니다.

포 샤　고문대라니요, 바사니오 님? 그렇다면 말해보세요. 당신의 사랑에 어떤 배신이 숨어 있는지를.

바사니오　두 가지 마음은 없습니다. 당신의 사랑을 놓칠는지도 모른다는 불안한 의구심뿐이지요. 불과 눈은 함께 있을 수 없습니다. 그렇다면, 사랑과 배신도 화합할 수 없지요.

포 샤　하지만 당신은 지금 고문대 위에 있습니다. 그 위에서는 강압에 의해 무슨 말이라도 하게 되죠.

바사니오　제게 생명을 보장해주시면 진실을 고백하겠습니다.

포 샤　그렇다면 고백하고 생명을 얻으세요.

바사니오　목숨을 걸고 사랑합니다. 이것이 나의 고백입니다. 아, 얼마나 행복한 고문인가, 나를 고문하는 사람이 생명을 구제받는 법을 가르쳐주다니! 그건 그렇고, 운명의 상자 선택을 하도록 해주세요.

포 샤　그러시다면 저쪽으로! 저의 초상화가 그 속에 있습니다. 저를 사랑한다면 저를 발견하시겠지요. 네리사와 시종들은 물러나 있거라. 선택하는 동안에 음악을 연주하라. 실패하면 저분은 최후를 맞이하는 백조처럼, 음악의 멜로디 속에 파묻혀 사라지는 거야. 이 같은 비유를 더 실감 나게 하려면, 강물 같은 눈물을 흘려 저분을 위해 죽음의 침상을 준비해야 한다. 성공하면 어떤 음악을 연주해야 하나? 그런 경우에는, 음악은 새로 왕관을 쓴 왕 앞에 충신들이 엎드릴 때 울리는 트럼펫 소리가 나야 한다. 그 소리는 새벽녘 꿈꾸듯 잠들고 있는 신랑의 귓속으로 살며시 흘러들어 그를 결혼식에 불러들이는 달콤한 멜로디가 될 것이다. 아, 상자 쪽으로 가시는군. 그의 모습은 트로이 왕이 바다 괴물에 바친 처녀를 구하기 위해 출전한 젊은 날의 헤라클레스보다도 더 늠름하고, 그의 마음은 사랑으로 충만되어 있다. 지금의 나는 희생물이 된 처녀와 같다. 저기 멀리 떨어져 있는 사람들은 눈물에 젖어 영웅과 괴물의 싸움을 지켜보는 트로이의 여인들. 전진하라, 헤라클레스! 목숨을 건 이 승부에 당신이 승리하면, 저도 이기는 거예요. 싸움을 보는 나의 가슴은 힘껏 싸우는 당신보다도 더 불안으로 가득 차 있어요.

음악 소리. 노래. 바사니오는 상자의 명문을 읽으면서 명상에 잠긴다.

말해주세요, 사랑이 머무는 곳을
가슴속인가, 머릿속인가?
어떻게 생겨나서 어떻게 자라는가? 대답해줘요, 대답해줘요.

사랑은 눈동자에서 태어나 쳐다보면서 자라지만

순식간에 태어난 요람에서 죽어버리지.

사랑의 조종(弔鐘)을 울리자.

일 동 딩동, 딩동, 종을 울리자.

바사니오 화려한 겉모습은 내용과 다를 수 있지. 이 세상은 언제나 그
럴듯하게 꾸며진 겉모습에 속고 있어. 재판도 그렇지. 아무리
부정하고 부당한 소송도, 그럴듯한 변설(辨說)로 양념 치고 속
이면 악의 모습은 사라지는 거야. 종교도 그래. 예컨대 아무리
악에 물든 이단(異端)이라도, 엄숙한 얼굴로 축복을 해주고 성
경 말씀을 인용해서 설명해주면, 흉측한 몰골이 허식으로 숨
겨질 수 있지 않은가? 이 세상에는 원래의 모습으로 나타나는
악덕이란 없는 것이다. 반드시 미덕이라는 겉치장을 하고 있
다. 얼마나 많은 겁쟁이들이 마음은 사상누각처럼 허망하면서
도, 턱부리에는 헤라클레스나 찌푸린 군신(軍神) 마르스처럼
수염을 달고 있지만, 뱃속을 보면 티끌만큼의 용기도 없어. 다
만 이들은 남에게 무섭게 보이기 위해서 용사의 수염을 턱 끝
에 붙이고 있을 뿐이다. 미인들을 보면 알 수 있어. 그 아름다
움은 실상 화장품의 양으로 구입한 것임을 알게 돼. 그 화장품
이 기적을 일으켜, 바르면 바를수록 경박한 미인이 탄생하는
거야. 뱀처럼 길고 곱슬곱슬한 황금빛 머리카락의 경우도 마
찬가지지. 미녀의 머리 위에서 바람에 날리는 그 머리카락의

정체를 알아보면 남의 것. 그 머리카락을 길러줬던 해골은 이미 무덤 속에서 잠들고 있어. 이토록 허식이라는 것은 보기에는 즐거운 바닷가 해변이지. 위험한 바다로 사람을 유혹하는, 이른바 인도 여인의 검은 얼굴을 덮고 있는 하얀 베일 같은 것이야. 한마디로 말하면, 겉으로 그럴듯하게 보이는 진실은 교활한 세상이 그것으로 현인들을 함정에 빠뜨리는 수단에 불과하지. 그렇다면 찬란하게 빛나는 금이여, 미다스 왕도 먹지 못했던 딱딱한 음식인 황금이여, 너는 나에게 별 볼 일이 없다. 그리고 너 창백한 은이여, 사람과 사람 사이를 분주하게 오가는 그대도 나에게는 쓸모가 없다. 하지만 보잘것없이 보이는 너 납이여, 희망찬 약속보다는 위협적인 말을 지니고 있는 그대 소박한 모습이 웅변 이상으로 내 마음을 뒤흔들고 있구나. 나는 너를 선택한다. 좋은 결과를 기원한다! (하인이 그에게 열쇠를 준다)

포 샤 (방백) 아, 모든 감정이 공기 속으로 사라지는구나, 가슴 조이는 의심도, 경솔하게 품었던 절망도, 몸을 떨게 만들었던 불안도, 파란 눈빛의 질투심도 모두 사라졌다. 남는 것은 오로지 사랑뿐이다! 오! 사랑이여, 침착하거라. 기쁨을 자제하라! 환희의 비를 알맞게 내리게 하고, 도를 넘지 않게 해다오! 나의 행운은 너무나 크다. 식상하지 않도록 줄여다오.

바사니오 (상자를 연다) 이건 무엇인가? 아름다운 포샤의 모습이 아닌가! 어떤 신 같은 재주가 이토록 흡사한 초상화를 그렸단 말인가?

눈이 움직이네? 아니, 내 눈이 움직이기 때문에 이 눈도 움직이는 것 같은가? 아, 열린 입술, 달콤한 입김이 입술을 열게 만들었네. 아름다운 숨결이 아니면, 아름다운 친구 사이를 갈라놓지 않았겠지. 이 머리카락은 화가가 거미가 되어 금줄을 뽑아 거미줄에 잡히는 각다귀보다 더 단단하게 남자 마음을 사로잡아두려고 만든 것이다. 그런데 이 눈을 보아라! 그녀의 눈을 그리면서 그의 눈이 살아남았네. 한쪽 눈을 그리고 나서 눈부심 때문에 양쪽 눈이 멀어, 나머지 한쪽 눈을 그리지 못할 수도 있었을 텐데. 아무리 내가 칭찬해도 이 그림의 진가를 전하지 못하고 이 그림을 모욕하고 있듯이, 이 그림도 초상의 실제 인물 앞에서는 부끄러워 시들시들해질 것이다. 여기 보니 문서가 있네. 내 운명의 총결산이겠지.

겉모습만으로 선택하지 않는 그대여,
진실을 선택한 그대에게 행운이 있어라.
이 같은 행운이 그대의 것이 되었으니
만족하고, 다시 새것을 찾으려고 하지 마라.
그대 또한 기쁨으로 가슴 울렁이며,
그대 행운을 그대의 축복으로 삼았으니,
그대 연인 앞으로 가서
넘치는 사랑의 입맞춤으로 청혼을 하라.

친절한 글이로구나. (포샤에게 향하며) 포샤, 당신이 허락해주신다면, 이 글대로 나는 사랑을 주고받으려 하오. 이것은 마치 상을 타려는 경쟁자와도 같아요. 대중 앞에서 잘했다고 생각해서 눈앞에서 펼쳐지는 박수갈채에 넋을 잃고, 이 칭찬이 자신에게 주어진 것인가 아닌가 의심하면서 멍하니 정신을 잃고 서 있는 그런 사람과도 같소. 아름다운 포샤, 내 눈앞에 벌어지고 있는 이 광경이 꿈인지 생시인지 의심하면서 나는 넋을 잃고 서 있소. 당신이 확인해주고, 서명해주고, 확증을 줄 때까지는 믿을 수가 없소.

포 샤 바사니오 님, 저는 당신의 눈에 비치는 평범한 여자입니다. 저 자신을 위해서는 더 훌륭한 여인이 되고자 하는 소망을 품지 않겠습니다. 하지만 당신을 위해서라면, 백 배 더 훌륭한 여인이 되고 싶습니다. 천 배나 더 아름답고 만 배나 더 부자가 되고 싶습니다. 당신에게 잘 보이기 위해서는 미덕도 미모도 재산도 친구도 더 풍성하게 지니고 싶습니다. 그러나 현재 저는 온갖 것을 모두 합치더라도 한계가 있습니다. 간단히 말해, 저는 교양도 교육도 경험도 없는 여자입니다. 다만 다행한 일은 지금 시작해도 배움의 길이 늦지 않았다는 것입니다. 또한 더욱 다행한 것은 배워서 모를 정도로 어리석은 두뇌가 아니라는 것입니다. 그리고 가장 다행스러운 일은 당신의 마음에 제 정성을 바쳐 당신에게 순종하려는 마음이 있다는 사실입니다. 지금 이 순간부터 당신은 저의 주인이시고 지배자요, 왕이십니다. 제 자신과 제가 소유하고 있는 모든 것이 당신의 것이 됩니다. 지금까지는 제가 이 저택의 소유자이고, 하인들의 주인이고, 제 자신의 여왕이었습니다. 지금까지는 그랬습니다. 그러나 지금부터는 이 저택과 하인들, 저 자신도, 주인이시여, 당신 것이옵니다. 이 모든 것과 그리고 이 반지를 드립니다. 만약에 이것을 버린다거나 분실하거나 남에게 주거나 하면 당신의 사랑이 끝난 증거가 될 것입니다. 그러니 책망을 듣지 않도록 조심하십시오.

바사니오 당신은 나의 모든 언어를 빼앗는군요. 내 혈관에 흐르는 피가 말을 하고 있을 뿐입니다. 내 마음은 아무 생각도 못할 만큼 헝클어져 있어요. 말하자면 국민의 사랑을 받고있는 국왕이 단상에서 감동적인 연설을 한 후, 기쁨에 넘쳐 소동을 빚고 있는 군중들한테서 볼 수 있는 혼란입니다. 그곳에서는 한마디 한마디로 들으면 의미 있는 말이 서로 얽히면서 거대한 무의미의 소음이 생겨나죠. 이곳에서 명백한 것은 불분명한 기쁨의 소용돌이만 남는다는 사실입니다. 여하튼, 이 반지가 제 손가락에서 사라지면 제 생명은 끝납니다. 그때는 외치면서 말하세요. 바사니오는 죽었다!

　　네리사와 그레시아노가 온다.

네리사 나리님과 부인이시여, 지금까지 옆에 서서 저희 소망이 성취되는 것을 보았는데 축하의 말씀을 드리고 싶습니다. 축하드립니다.

그레시아노   바사니오, 그리고 우아한 부인이시여, 두 분께 축하 말씀 드립니다. 온갖 기쁨과 행운이 함께하시기를 빕니다. 그 기쁨과 행운 속에 제 몫은 없겠습니다만, 두 분이 식을 올리고 성스러운 맹세를 나누실 때, 저의 예식도 올렸으면 하는 것이 저의 소원입니다.

바사니오   기쁜 마음으로 그렇게 하겠네. 자네에게 신부가 있다면야.

그레시아노   고맙네, 바사니오. 자네 덕택으로 신부를 구했다네. (그는 네리사의 손을 잡는다) 내 눈은 자네 눈만큼이나 빠르지. 자네가 아가씨를 보았을 때, 나는 시녀에게 눈독을 들였다네. 자네가 사랑을 할 때, 나도 사랑을 했지. 자네처럼 나도 꾸물대는 성격이 아니라네. 자네의 운명이 저 상자에 있듯이. 내 운명도 바로 그 일에 달려 있었다네. 나도 구혼을 하느라고 진땀을 흘렸고, 입천장이 바싹 마를 때까지 사랑의 맹세를 되풀이했네. 그리하여 마침내 여기 있는 미인으로부터 나의 신부가 되겠다는 약속을 얻었다네. 물론 포샤가 자네의 신부가 된다는 전제 조건이 있었지.

포 샤   네리사, 사실이냐?

네리사   마님, 사실입니다. 물론 마님께서 허락해주신다는 조건이 있죠.

바사니오   그레시아노, 자네도 진심인가?

그레시아노   물론이지.

바사니오   우리들 혼례식은 자네 결혼으로 더욱 빛나게 되었네.

그레시아노 우리 내기합시다. 첫아들 먼저 낳는 쪽이 천 두카트를 갖기로 합시다.

네리사 뭐라고요? 그 많은 돈을 걸어요?

그레시아노 그만둡시다. 힘이 딸려 이길 자신 없어요. 누가 오고 있네? 로렌조와 유대인 처녀로군! 이건 또 누구야! 베니스의 옛 친구 살레리오가 아닌가?

로렌조, 제시카, 살레리오, 베니스의 시종 등장.

바사니오 로렌조와 살레리오가 아닌가. 환영하네. 이 집 주인이 된 지 얼마 되지 않아서, 자네들을 환영할 권리가 있다면 말일세. (포샤에게) 당신이 좋다면, 내 고향 친구들을 환영하고 싶소.

포 샤 제 인사를 드립니다. 전적으로 환영합니다.

로렌조 감사합니다. 실은 바사니오, 나는 이곳을 방문할 생각이 없었는데, 도중에 살레리오를 만났더니 함께 가자고 성화기에 거절하지 못하고 이렇게 따라왔네.

살레리오 그렇다네. 내가 권해서 함께 왔어. 그럴 만한 이유가 있지. 이것을 받게. (편지를 전한다) 안토니오의 안부를 전하네.

바사니오 얘기해주게. 안토니오는 어떻게 되었나?

살레리오 병이 아니라면 병도 아니지만, 마음이 편치 않아요. 이 편지를 보면 알 수 있어.

바사니오, 편지를 뜯어본다.

그레시아노 네리사, 저 여자 손님을 기쁜 마음으로 맞아주시오. (네리사가 제시카를 맞이하고, 그레시아노가 살레리오에게 인사한다) 악수나 하세, 살레리오. 베니스는 어떤가? 천하의 거상(巨商) 안토니오는 잘 지내고 있나? 우리 둘이 결혼하게 된 소식을 들으면 좋아할 텐데. 우리들은 영웅 이아손(그리스 신화의 영웅으로서 아이손 왕의 아들. 왕위를 되찾기 위해 영웅들을 모아 아르고스호를 타고 원정을 떠나 황금 양모를 입수함. 이들 영웅을 '아르고나우타이'라고 부르는데, 그레시아노는 안토니오의 배 '아르고시스'를 염두에 두고 말하고 있음─역자 주)이야. 금발 여인을 쟁취했네.

살레리오 안토니오가 잃은 보물이었으면 좋았겠다.

포 샤 그 편지에는 심상치 않은 일이 적혀 있나 보다. 바사니오 님의 얼굴이 핏기를 잃고 있네. 절친한 친구가 죽었는가. 그렇지 않다면, 좀처럼 마음이 흔들리지 않을 저 대장부의 안색이 저렇게 창백하게 변할 수 있는가. 점점 심해지네! 여보, 바사니오 님, 저는 당신의 반쪽이지요. 그렇다면 그 편지가 당신을 괴롭히는 반절이라도 좋으니 제가 짊어져야 할 것입니다.

바사니오 아, 사랑스러운 포샤, 여기 쓰인 만큼 불쾌한 내용의 편지를 나는 받아본 적이 없소! 포샤, 당신에게 처음으로 사랑을 고백했을 때, 나는 정직하게 말한 적이 있어요. 내가 소유한 전 재산은 혈관을 흐르는 피가 전부이고, 있는 것은 한 인간으로서의 나 자신뿐이라고 말했지요. 물론 나는 진실을 말하고 싶었소. 하지만 포샤, 내가 빈털터리라고 말한 것은 거짓말이었소.

내가 한 푼 없는 거지라고 말했을 때, 실은 빈털터리보다 더 궁한 거지였다고 말했어야 옳았소. 사연은 이렇소. 나는 어떤 친구로부터 돈을 빌렸소. 그 돈은 그 친구가 원수로부터 빌린 돈이었소. 그 돈은 내가 이곳에 오기 위한 경비였다오. 이것이 그 친구의 편지요. 이 편지는 그 친구의 살점이오. 씌어진 문자 하나하나는 상처가 입을 벌리고 토해내는 핏덩이. 그런데 살레리오, 이것이 사실인가? 그의 투자는 몽땅 물거품이 되었는가? 단 하나도 건질 수 없는 건가? 트리폴리스 것도, 멕시코 것도, 영국, 리스본, 바르바리, 인도, 이 모든 것이 수포로 돌아갔는가? 상선의 적, 무서운 암초들을 단 한 척의 배도 벗어나지 못했는가?

살레리오 단 한 척도. 그런데 말씀이야. 안토니오가 갚을 만한 현금이 있어 갚으려고 해도, 유대인 녀석, 그것을 받을 생각이 없는 모양일세. 인간의 탈을 쓰고서 인간을 파멸시키는 일에 그토록 욕심을 내고 열성을 부리는 녀석을 지금까지 본 적이 없네. 그 놈은 밤낮 가리지 않고 공작님께 이 나라에 자유가 있다면, 공정한 재판을 해달라고 아가리를 놀리고 있는 모양이야. 수많은 상인들은 물론이고 공작 자신도, 고위직 고관들도 모두들 입을 모아 그놈을 설득하려고 했지만 그놈은 들은 척도 않으니, 그 악랄한 청원을 막을 길이 없다네. 저당권, 재판권, 차용증서를 물고 늘어지면서 막무가내야.

제시카 제가 집에 있을 때, 부친은 유대인들 튜발이나 추스에게 말하곤 했지요. 어떤 일이 있어도 안토니오의 살점을 도려내겠다는 겁니다. 빌려준 돈을 이십 배로 갚는 것보다 그게 낫다는 것입니다. 그러니 바사니오 님, 법이나 권력으로 눌러놓지 않으면 안토니오 님은 곤경에 빠지게 될 것입니다.

포 샤 곤경에 처한 사람은 당신의 친구분이세요?

바사니오 나의 가장 절친한 친구지요. 이 세상에서 그토록 친절한 사람은 없을 것이오. 그토록 훌륭한 마음씨, 그토록 남을 위한 정성으로 가득 찬 사람은 없어요. 이탈리아 천지를 뒤져도, 고대 로마의 명예심을 그 사람만큼 지니고 있는 사람은 없어요.

포 샤 그분이 유대인에게 빌린 돈은 얼마나 되죠?

바사니오 나를 위해 삼천 두카트를 빌렸소.

포 샤 그것뿐입니까? 그에게 육천 두카트를 지불하시고 차용증을 말소하시죠. 육천 두카트의 두 배로 갚아도 좋아요. 세 배도 좋아요. 그토록 훌륭한 분이시라면, 바사니오 님 때문에 머리카락 한 올이라도 다치게 해서는 안 됩니다. 하여튼 일단 예배당에 가서 저를 아내라고 불러주세요. 그곳에서 친구분을 찾아 베니스로 가세요. 포샤는 신방에 상심한 분을 모시고 싶지 않습니다. 그 정도의 부채라면 수십 배로 변상할 수 있는 돈을 드릴 테니, 돈을 모두 갖고 친구들과 함께 오세요. 숫처녀처럼, 과부댁처럼, 저와 네리사는 기다리겠어요. 급히 서두르세요! 오늘 혼례식 날 출발하기 때문에 밝은 모습으로 그분들 맞이하세요. 귀한 대가를 치르고 얻은 당신이기에, 저는 당신을 진심으로 사랑하지요. 그건 그렇고, 친구의 편지를 들려주세요.

바사니오 (읽는다) "바사니오, 내 배는 몽땅 난파당했네. 채권자들은 냉혹해지고 사태는 계속 악화되고 있네. 유대인에게 약속한 차용증서 기일도 지나갔네. 그 대가를 지불하고 나면 살아남기는 힘들어. 그러니 자네와 나 사이의 대차 관계도 소멸된다네. 다만, 내가 죽기 전에 자네를 한 번 보고 싶네. 이 일도 자네 형편에 따라 결정하게. 우정으로 오고 싶다면 좋지만, 그렇지 않으면 이 편지는 잊어버리게."

포 샤 여보! 모두 마치시고 빨리 가세요!

바사니오 당신이 찬성하니 곧 가리다. 하지만 곧 돌아오리다. 오가는 길에 오래 머물지는 않겠소. 휴식 때문에 우리들의 재회가 방해받지 않도록 하리다. (일동 퇴장)

제3장 베니스, 거리

샤일록, 솔라니오, 안토니오, 간수 등장.

샤일록 간수, 이놈한테서 눈을 떼지 마시오. 나에게 자비 얘기도 하지 말아요. 이놈은 무이자로 돈을 빌려주는 바보랍니다. 간수, 감시를 잘 하시오.

안토니오 여보시오, 샤일록. 내 말 좀 들어주시오.

샤일록 증서대로 시행하겠어. 증서에 대해서 이러쿵저러쿵하지 마라. 나는 맹세했다. 증서대로 하겠어. 너는 나보고 개라고 했지? 그럴 이유도 없으면서 말이야. 좋아, 나는 개다. 그러니 내 이빨을 조심해. 공작님께 부탁해서 반드시 재판을 열어볼 참이야. 이봐, 얼뜨기 간수, 바보짓 하지 마라. 죄수가 요청한다고 이놈을 끌고 나오다니!

안토니오 제발 내 말 좀 들어보시오.

샤일록 증서대로 합시다. 당신 얘긴 듣고 싶지 않아. 증서대로 해요. 이 이상 얘기해봤자 소용없어요. 나는 남의 말을 듣고 쉽게 넘어가는 물러빠진 바보 천치가 아냐. 기독교도가 탄원한다고 해서 고개를 끄떡이고, 한숨을 쉬고, 머리를 숙이면서 양보하는 그런 얼치기는 될 수 없어. 따라오지 말아요. 당신 말 듣지 않겠소. 증서대로 합시다.

　　　그는 문을 닫고 들어간다.

솔라니오 저놈은 지금까지 본 가운데서 가장 잔혹하고 끔찍한 개자식이네.

안토니오 좋아, 내버려둬라. 뒤쫓아가서 애원하는 일은 그만하자. 저놈이 노리는 것은 내 목숨이야. 나는 그 이유를 알고 있어. 지금까지 여러 번 차용금을 갚지 못해서 곤경에 빠진 사람을 구해준 적이 있다. 그래서 놈은 내가 미운 거야.

솔라니오 공작님께서는 절대로 이런 위약금 처리를 허락하시지 않을 걸세.

안토니오   공작님도 법의 정당한 행사를 거부할 수 없어. 타향 사람도
베니스에서는 우리와 똑같은 권리가 주어지지. 만약에 이 일
이 시행되지 않으면, 이 나라에는 정의가 없다고 비난을 받게
돼. 베니스의 무역과 이윤의 기본이 전 세계의 국민들이기 때
문이야. 가자. 겹치는 슬픔과 손실 때문에 나도 수척해졌네.
이렇게 야위면 내일 혹독한 저놈 빚쟁이에게 일 파운드의 살
점을 떼어주기도 어려울 것 같다. 여보시오, 간수, 갑시다. 바
사니오가 와서 그의 빚을 갚는 내 모습을 보았으면 좋으련만.

(일동 퇴장)

제4장 벨몬트, 포샤의 집 홀

포샤, 네리사, 로렌조, 제시카, 밸더자 등장.

로렌조   부인, 부인의 면전에서 말씀드리는 일이 실례되는 줄 압니다
만, 부인께서는 고귀한 우정에 관해서 훌륭한 생각을 갖고 계
십니다. 부군께서 안 계시는 동안 부인의 모습을 보면 알 수 있
습니다. 부인께서 이토록 호의를 베풀고 계시는 상대가 어떤
인물인지, 말하자면 당신이 도와주고자 나서는 상대가 훌륭한
신사이고, 부군의 절친한 친구인 것을 알게 되면, 이 친절에 대

해서는 지금까지 베푼 일과는 비교가 안 될 정도의 큰 보람을 느낄 것입니다.

포 샤 저는 친절을 베풀고 후회한 적이 없습니다. 이번 일도 마찬가지죠. 친한 친구들 사이란 무엇입니까. 함께 같은 시간을 지내고, 서로의 영혼을 우정의 멍에에 걸고 있는 일이죠. 그렇게 되면, 서로 얼굴 모습이나 태도와 정신이 비슷해지죠. 그래서 말입니다. 안토니오라는 분도 주인 친구이기에 틀림없이 우리 서방님과도 비슷하시겠죠. 그렇다면 저의 영혼인 주인을 닮은 친구분을 무서운 지옥의 고통으로부터 구제하기 위해 제가 지불한 비용 정도는 정말로 하찮은 것입니다! 얘기가 자기 자랑처럼 됐네요. 이 얘기는 이만큼 해두고, 제가 하고 싶은 얘기가 있으니 들어보세요. 로렌조 님, 우리 주인이 돌아오실 때까지 당신이 집을 좀 관리해주십시오. 실은 하느님께 기도를 드렸죠. 맹세를 했습니다. 네리사 남편과 우리 낭군이 돌아올 때까지만 부탁합니다. 나는 네리사 한 사람만을 데리고 조용하게 기도와 명상의 날을 보내고 싶어요. 이곳에서 두 마일 떨어진 곳에 수도원이 있습니다. 우리 두 사람은 그곳에 파묻힐 것입니다. 이 부탁을 거절하지 말아주세요. 이렇게 부탁하는 것도 당신에 대한 호의와 부득이한 또 다른 사정이 있어서입니다.

로렌조 알겠습니다. 부인 말씀이라면 기쁜 마음으로 응하겠습니다.

포 샤 우리 집안 사람들은 이미 나의 뜻을 알고 있습니다. 그들은 당신과 제시카를 나와 바사니오처럼 생각하고 잘 섬길 것입니다. 그럼, 잘 지내세요. 다시 만날 때까지 안녕히.

로렌조 아름다운 생각으로 행복한 시간을 보내십시오!

제시카 평온한 시간을 보내십시오.

포 샤 고맙습니다. 똑같은 말이 두 분에게도. 제시카, 안녕.(제시카와 로렌조 퇴장) 그런데 밸더자, 지금까지 자네는 성실하게 나를 위해 일했어, 앞으로도 변함없이 그렇게 일해다오. 이 서신을 파두아까지 전속력으로 갖고 가서 사촌 오라버니 벨라리오 박사에게 전해다오. 박사는 서류와 의복을 주실 텐데, 그 물건을 갖고 쏜살처럼 선착장에 와다오. 그곳은 베니스로 가는 배가 뜨는 곳이다. 인사는 나중에 하고, 곧 출발이다. 나는 한발 앞서 그곳에 가 있겠다.

밸더자 부인, 힘껏 달리겠습니다.

포 샤 이것 봐라, 네리사. 너에게는 털어놓지 않았는데, 급히 해야 할 일이 있다. 상대방 모르게 서방님을 만나러 가야 돼.

네리사 우리 모습을 보이지 않고요?

포 샤 보여준다. 네리사, 우리는 변장을 하는 거야. 태어날 때 갖고 있지 않는 것을 있는 것처럼 보여주자. 내기를 해도 좋아. 우리 둘은 남자 옷을 입는 거야. 너보다는 내가 멋진 청년으로 보이겠지. 단검을 차도 내가 더 당당하게 보이겠지. 말할 때는 변성한 소년처럼 목소리를 내야 해. 종종걸음을 사내다운 당당한 걸음걸이로 바꾸고, 젊은 사람들이 자랑삼아 지껄이는 싸움 얘기도 하고, 거짓말도 능숙하게 할 참이야.

귀부인들이 나에게 반해서 사랑을 고백했지만, 내가 그것을 거절했기 때문에 그들은 상사병이 들어 죽었는데, 나로서는 어쩔 수 없는 일이었지만 죽지 않았으면 좋았을 거라고, 지금 와서는 후회가 된다는 둥 거짓말을 스무 가지쯤 늘어놓으면 사람들은 내가 학교를 그만둔 지 열두 달이 넘었을 것으로 생각할 거야. 허풍쟁이들의 이런 거짓말쯤은 천 가지나 알고 있으니, 그것을 한번 써볼까 한다.

네리사 그렇다면, 남자 행세를 하는 겁니까?

포 샤 저런! 그런 질문이 어딨어? 야비한 인간들이 옆에서 그런 말을 들으면 어떻게 해! 마차를 타면 내 계획을 모두 얘기해주마. 마차는 정원 문 앞에서 기다리고 있어. 급히 서둘러. 오늘 우리는 이십 마일을 가야 한다. (두 사람 퇴장)

제5장 벨몬트, 포샤의 집 정원

란슬로트와 제시카 등장.

란슬로트 그래 맞았어, 그대로입니다. 아시겠어요, 아버지 죄는 대물림이에요. 그래서 단언하지만, 아가씨가 걱정이 되죠. 아가씨에게는 늘 솔직하게 말씀드렸기 때문에 이 문제에 대해서 심사숙고한 내용을 말씀드릴까 합니다. 우선, 기운을 내세요. 기운 내셔야 될 게 아가씨는 지옥에 떨어질 것이 분명하거든요. 그 문제에 대해서는 아가씨에게 도움이 될 만한 일이 꼭 한 가지 있습니다. 그것 역시 아주 가냘픈 희망이기는 하지만요.

제시카 그 희망이란 무엇입니까?

란슬로트 아가씨는 아버지의 딸이 아니라, 말하자면, 유대인 딸이 아니라는 희망을 품을 수도 있단 말입니다.

제시카 그것참, 실오라기 같은 희망이군요. 그렇다면 어머니 죄를 대물림 받아야 하네요.

란슬로트 그 경우에는 여간 걱정스러운 것이 아닌 게, 부모 양쪽 죄 때문에 지옥행이 결정적이기 때문입니다. 아버지라는 괴물 스킬라(그리스 신화에 나오는 괴물-역자 주)를 피하다 보니, 어머니라는 소용돌이 카립디스(그리스 신화에 나오는 소용돌이로서 스킬라가 그의 동굴과 이 소용돌이 사이를 지나가는 선원들을 파멸시켰다-역자 주)에 빠져버리는 꼴이 되었죠. 어느 길을 가든 살아날 길이 아득합니다.

제시카 남편이 도와주겠지. 나를 기독교도로 만들어주었으니.

란슬로트 바로 그 점이오. 그것 때문에 주인은 비난을 받아요. 기독교도가 너무 많아져서 사이좋게 살아가기 어려워졌거든요. 새로 기독교도를 만들어 내면 돼지값만 올려놓는 꼴이 되죠. 너 나 할 것 없이 돼지고기만 먹게 되면, 돈을 아무리 쌓아놓아도 베이컨 한 조각 먹기 힘들어집니다.

로렌조 등장.

제시카   네가 한 말, 서방님에게 전하겠어. 여기 오시네!

로렌조   어이, 란슬로트. 질투 나네, 내 마누라를 정원 구석에 끌어내다니!

제시카   걱정 마세요, 로렌조. 지금 란슬로트와 한 판 싸움을 벌였어요. 이 사람은 제가 유대인 딸이기 때문에 천당에 갈 희망이 없다는 겁니다. 또한 당신은 유대인을 기독교도로 개종시켰기 때문에 돼지 값만 치솟게 했다고 지껄이고 있죠. 당신은 착한 시민이 못 된다는 겁니다.

로렌조   검둥이 계집의 배를 불룩하게 만든 네놈보다는 내가 더 훌륭한 시민이다. 무어인 계집은 네놈 아이를 가졌어. 란슬로트!

란슬로트   그 무어인 계집애 배가 보통 이상으로 크면 큰일이죠. 그 여인이 정숙하지 못하다면 제가 잘못 본 탓이죠.

로렌조   어릿광대란 어느 놈 할 것 없이 말재주가 뛰어나네! 이러다가는 현명한 사람일수록 침묵을 지키겠다. 대화 잘 한다고 칭찬받는 것은 앵무새들뿐이겠구나. 안으로 들어가. 가서 식사 준비하라고 일러라!

란슬로트   식사 준비는 다 되어 있습니다. 모두들 식욕들이 대단한 밥통을 갖고 있으니깐요!

로렌조   거 참, 네놈은 주둥이밖에 못 놀리나! 밥상 차리라고 일러라!

란슬로트   그것도 준비 다 됐습니다요. 놓기만 하면 됩니다요.

로렌조 그렇다면, 네가 놓아라.

란슬로트 제가 놓아요? 그렇게는 안 됩니다. 소인의 본분이 있습죠.

로렌조 또 엉키네! 재치 보따리를 한꺼번에 다 털어놓을 작정이냐? 단순한 사람이 단순한 말로 부탁을 하고 있어. 자네도 단순하게 들어다오. 알겠나? 식구들한테 가서 식탁을 차리고, 요리를 내놓으라고 말하게나. 우리들은 곧 식사하러 갈 참이다.

란슬로트 식탁으로 말씀드리자면 차려놓도록 하겠습니다. 요리는 내놓겠습니다. 식탁에 왕림하시는 일은 손님들 기분대로 하십시오.(퇴장)

로렌조 대단한 말솜씨로구나! 저 녀석, 머릿속에 재담을 잔뜩 넣어두고 있어. 나도 수많은 광대들을 알고 있지만, 저 녀석보다는 모두들 지위가 높은 편이지. 그들은 겉멋만 부리다가 말의 본 뜻을 잃어버리게 돼. 제시카, 기분이 괜찮아요? 당신 생각은 어떻소? 바사니오 부인은 당신이 좋아할 수 있는 여인인가요?

제시카 말로 표현할 수 없을 정도입니다. 바사니오 님도 행실 좋게 살아가지 않으면 천벌받지요. 훌륭한 부인을 얻는 행운을 잡았으니, 지상에서 천당을 만난 격이에요. 바사니오 님이 이 세상에서 올바른 품행을 지키지 않으면 천당에 갈 수 없는 것은 당연한 일입니다! 만약에 두 신들이 천상에서 승부를 겨루어 각기 지상의 여인에게 내기를 걸었다고 합시다. 그런 경우에 한쪽이 포샤라고 한다면, 다른 한 쪽의 여인에게는 또 다른 경품을 걸어야 할 것입니다. 그녀에게 비교할 만한 여인은 이 세상에 없기 때문입니다.

로렌조 아내로서 포샤가 탁월하듯이, 그런 훌륭한 남편을 당신은 갖게 되었소.

제시카 그 문제에 대해서는 저에게도 의견이 있어요.

로렌조 곧 들어주리다, 식사 후에.

제시카 지금 당장 들으세요. 구미가 당길 때 칭찬하고 싶어요.

로렌조 아니오, 그런 구미 도는 얘기는 식탁에서 하시오. 그때 어떤 얘기를 하더라도 다른 음식과 함께 나는 소화를 시킬 수 있소.

제시카 좋아요. 그러면 나중에 푸짐하게 드리겠어요. (두 사람 퇴장)

제4막

제1장 베니스, 법정

공작, 고관들, 안토니오, 바사니오, 그레시아노, 솔라니오, 기타 등장.

공 작 안토니오는 출정했는가?

안토니오 대령했습니다, 공작님.

공 작 그대에게는 참으로 안된 일이지만, 그대의 상대자는 차돌처럼 냉담한 인간인지라 자비심이란 티끌만큼도 없고, 동정심도 없소.

안토니오 제가 들은 바로는 그 인간의 잔혹한 행위를 누르기 위해 공작님께서 무척 애쓰셨다는데, 그 인간은 완고한 의지를 굽히지 않고, 합법적인 수단을 동원하고 증오의 화살을 겨누고 있습니다. 그러나 소생은 인내로서 그 인간의 노여움에 맞설 것이며, 평온한 마음으로 그 인간의 잔악하고도 포악한 행패를 참고 견딜까 합니다.

공 작 그 유대인을 이 법정에 호출하라.

솔라니오 문 앞에 대기하고 있습니다. 지금 입정하고 있습니다.

샤일록 등장.

공　작　그 자리를 비워라. 나의 면전에 세우라. 샤일록, 나도 그렇게 생각한다만 세간에서는 이 재판이 막을 내리는 순간까지 그대는 악의에 찬 태도를 보일 것이라 하는데, 나는 그대가 어느 시점에 이르면 뜻하지 않았던 역전을 감행해서 기이한 잔인성보다는 자비와 연민의 정을 보여줄 것이라고 기대한다. 지금 그대는 위약의 대가로서 이 상인의 살점 한 파운드를 청구하고 있으나 그런 위약의 대가를 면제해주고, 인정과 사랑으로서 원금의 일부마저 면제해주는 일을 하게 될 것이다. 이 상인이 최근에 입은 갖가지 손실은 우리의 동정을 사게 하는데, 그런 타격을 받으면 천하 호상(豪商)들도 쓰러지지 않을 수 없고, 그런 가련한 모습을 보면 어떤 철심장도, 어떤 목석(木石)도, 완고한 터키인도, 난폭한 타타르인도, 그 동안에는 따뜻한 정을 보여준 적이 없지만 지금은 눈에 동정의 눈물을 흘릴 수밖에 없을 것이다. 유대인이여, 지금 우리는 그대의 관대한 답변을 기다리고 있다!

샤일록　소인의 의사는 이미 공작님께 말씀드렸습니다. 우리 종족의 신성한 안식일을 두고 맹세한 것처럼 약속대로 그 대가를 받아야겠습니다. 만일에 공작님께서 그렇게는 될 수 없다고 허락지 않으시면, 이 나라의 헌장과 자유는 손상을 입게 될 것입니다! 왜 삼천 두카트의 돈을 받지 않고 일 파운드의 썩은 살점을 원하는가, 그 이유를 알고 싶으시겠죠. 소인은 대답하지 않겠습니다! 소인의 기질 탓입니다. 이것이 답변이 될는지 모르겠습니다만, 만약에 소인 집에 쥐가 들락거려 곤란을 겪을 때, 일만 두카트 줄 터이니 그놈을 죽여달라고 부탁한다면, 어떻 습니까? 답변이 되나요? 세상에는 아가리를 딱 벌린 통돼지구 이를 싫어하는 사람도 있죠. 고양이를 보기만 해도 미쳐버리 겠다고 말하는 사람도 있고요! 또 어떤 사람은 백파이프의 콧 소리 노래를 들을 때마다 소변을 못 참겠다고 법석을 떠는데, 사람이란 제각기 희로애락의 지배자로서 타고난 성질에 따라 좋고 싫은 것이 결정 나는 법입니다. 제 답변은 이렇습니다. 어 째서 뚜렷한 이유도 없이 어떤 사람은 아가리 벌린 통돼지를, 또 어떤 사람은 피해도 안 주고 유익하기만 한 고양이를, 그리 고 또 어떤 사람은 털 헝겊으로 싼 백파이프를 죽으라고 싫어 하면서 피할 수 없이 창피한 짓을 하느냐는 것입니다. 이 때문 에 자기 자신도 기분을 망치고, 남에게도 불쾌한 느낌을 안기 죠. 이것과 똑같은 것입니다. 저도 다른 이유는 없습니다. 말 씀드릴 수도 없고 드릴 생각도 없습니다만, 안토니오에 대해 서 품고 있는 증오와 혐오감 때문에 아무 이득도 없는 소송을 제기하고 있습니다! 이것이 저의 답변입니다.

바사니오   그런 답변이 어디 있어? 그렇게 얼버무리면, 잔혹한 너의 짓
거리가 변명될 줄 알아?

샤일록   나는 자네 비위에 맞는 답변을 해야 될 의무가 없어.

바사니오   싫다고 죽여야 하는가. 인간이란 그런 것인가?

샤일록   싫으면 죽이고 싶다. 그것이 인간의 상정(常情)이다.

바사니오　마음에 들지 않는다고 바로 미워해서는 안 돼!

샤일록　뭐라고! 당신은 독사에 두 번 물리고 싶소?

안토니오　바사니오, 너의 상대는 유대인이야, 이 세상에서 가장 딱딱한 것, 저렇게 굳어버린 유대인의 마음을 누그러뜨릴 수 있다면, 자네는 무엇이나 할 수 있네. 그러나 그 일은 바닷가에서 밀려오는 바닷물을 보고 평상시의 물 높이를 지켜달라고 부탁하는 것과 같네. 늑대에게 무엇 때문에 새끼 양을 잡아먹고 어미 양을 울리느냐고 따지는 것과 같고, 산에 자라는 소나무가 하늘의 돌풍에 흔들릴 때, 소나무에게 나무 꼭대기를 흔들지 말고 소리도 내지 말라고 명령하는 것과 같아! 그러니 부탁이네. 어떤 제안도 하지 말고, 어떤 방법도 강구하지 말게. 다만 모든 일이 간단명료하게 처리되어 판결이 나고, 유대인은 자기 소원을 성취했으면 하네!

바사니오　여봐, 삼천 두카트를 육천으로 갚겠다!

샤일록　그 육천 두카트 하나 하나가 여섯 개로 나누어지고, 나누어진 하나하나가 일 두카트가 된다고 해도 나는 그것을 받지 않겠소. 나는 내 증서대로 받겠소이다!

공　작　인간에게 자비를 베풀지 않고 어떻게 신의 자비를 바랄 수 있는가?

샤일록　잘못을 저지르지 않았는데 재판을 두려워하겠습니까? 여러분은 수많은 노예를 돈으로 사서 거느리면서, 그들을 당나귀, 개, 노새들처럼 비참하고 천한 일에 혹사하죠. 그들을 샀기 때문입니다. 어디 한 말씀드려볼까요? 노예들을 해방시켜 여러분의 상속녀와 결혼시키세요. 비지땀을 흘리도록 중노동을 시킨다는 것은 불쌍한 일이에요. 침대는 여러분과 똑같이 보드라운 것으로 하고, 식사도 여러분과 똑같은 것으로 대접하면 어때요? 그러면 여러분은 대답하겠지요. "노예는 나의 소유물이다." 소인의 답변도 마찬가지입니다. 소인이 요구하는 일 파운드의 살점은 비싼 값을 치르고 사들인 것입니다. 그래서 가져야 합니다. 소인의 요구를 거절하면 법률은 무용지물이죠! 베니스 법령은 아무런 구속력도 없는 것이 됩니다. 소인은 재판을 원합니다. 대답하세요, 답변이 무엇입니까?

공 작 내 직권으로 이 법정을 폐정시킬 수도 있다. 그러나 나는 이 소송의 판결을 위해 석학 벨라리오 박사에게 오늘 이 법정에 오시도록 부탁했다.

솔라니오 공작님, 문전에 사환이 도착했습니다. 박사님의 편지를 갖고 파두아로부터 왔답니다.

공 작 편지를 갖고 오게! 사환을 불러들여라!

바사니오 용기를 내게! 안토니오! 힘을 내게! 저놈 유대인에게 나의 살, 나의 피와 뼈를 주는 한이 있더라도 나 때문에 자네는 피한 방울 흘릴 수 없어.

　　　　샤일록은 허리춤에서 칼을 뽑아 갈려고 꿇어앉는다.

안토니오 나는 양 떼 가운데서 병들고 거세된 한 마리 양에 불과하네.

죽어도 괜찮아. 과일 중에서도 가장 먼저 상한 것이 가장 빨리 땅에 떨어지는 법이야. 나도 그렇게 되겠네. 바사니오, 자네에게 가장 어울리는 일은 오래 살아남아서 나의 묘비명을 써주는 일이네.

네리사가 법관 서기 복장을 하고 법정에 등장.

공 작 그대는 파두아의 벨라리오 박사로부터 왔는가?

네리사 그렇습니다. 공작님, 벨라리오 박사의 안부를 전합니다.

네리사는 편지를 준다. 공작은 개봉하여 읽는다.

바사니오 어찌하여 그대는 그토록 열심히 칼을 갈고 있느냐?

샤일록 저 파산자로부터 차용금 담보물을 잘라내기 위해서지.

그레시아노 구두창이 아니라 네놈의 굳어버린 영혼 밑바닥에 대고 갈아라. 그렇게 해야 칼을 한층 더 날카롭게 갈 수 있다. 어떤 칼도, 심지어 사형 집행인의 도끼마저도 네놈의 칼끝 같은 증오심에 비하면 반도 못할 것이다. 네놈의 가슴은 어떤 애원이나 호소에도 통하지 않는구나.

샤일록 통하지 않지. 당신의 지혜로는 어림도 없다.

그레시아노 개자식, 지옥에나 떨어져라! 너를 살려두다니, 법이 의심스럽구나. 너를 보고 있으면 내 신앙심마저 흔들린다. 인간의 마음속에는 동물의 마성이 깃들고 있다는 피타고라스의 학설을 믿게 된다. 네놈의 들개 근성은 원래 늑대 속에 있었다. 들개가 사람을 물어 죽인 죄로 교수형을 받았을 때, 흉악한 영혼이 들개의 체내에서 벗어나서, 네놈이 더러운 뱃속에서 잠들고 있을 때, 네놈의 육체 속으로 들어갔구나. 그러기 때문에 네놈의 욕망은 피에 굶주린 탐욕스럽고 잔인한 늑대와 같다.

샤일록 아득바득 고함을 치며 욕을 해도 증서의 날인이 지워지기는커녕 허파에 상처만 나게 될 것이다. 젊은이, 두뇌를 수리해야겠어. 안 그러면 영원히 고치지 못하게 돼. 나는 재판을 요구하오.

공 작 벨라리오 박사로부터 온 편지를 보니 당 법정에 젊고 박식한 박사를 추천한다고 말하고 있는데, 그 사람이 출정하고 있는가?

네리사 네, 대령하고 있습니다. 재판장의 허가를 기다리고 있습니다.

공 작 반갑게 맞이하겠네. 여봐라, 서너 명이 가서 그분을 정중하게 모셔오너라. 그동안에 벨라리오의 편지를 법정에 출두한 모두에게 읽어주어라.

서 기 (읽는다) "공작님에게 말씀드립니다. 공작님의 서한을 받았습니다만 그 이후 곧 병상에 눕게 되었습니다. 마침 그때 이 편지를 전달하는 사자와 함께 로마의 젊은 학자 밸더자가 내방했습니다. 나는 그에게 유대인과 안토니오의 분쟁을 얘기해주고, 우리는 함께 문헌 조사를 했습니다. 그는 나의 견해를 숙지(熟知)하고 있습니다. 그는 다행히도 나의 부탁을 받아들여 공작님의 요청도 들어주기로 했습니다. 그의 젊은 나이 때문에 그를 경시해서는 안 될 것이, 그는 나이에 비해 출중한 두뇌를 가진 사람으로서 나도 처음 보는 놀라움입니다. 그를 채용해주시면 나의 찬사 이상으로 공작님에게 도움이 될 것이라고 확신합니다."

공 작 벨라리오는 이런 편지를 보냈다.

포샤가 법학 박사 복장을 하고 손에 책을 들고 입장.

아, 저기 그 젊은 박사가 오시는군. 손을 이리 주시오. 벨라리오 박사가 보낸 분이시죠?

포 샤 그렇습니다.

공 작 이 법정에 오신 것을 환영합니다. 자리에 앉으십시오. (시종이 포샤를 공작 가까이에 있는 자리로 인도한다) 당 법정에서 심의 중인 이 사건의 문제점이 어디 있는지는 이미 알고 있으리라 짐작되는데?

포 샤 네, 그 사건에 관해서는 충분히 듣고 왔습니다. 그 유대인 상인은 어디 있습니까?

공 작 안토니오, 샤일록 노인, 두 사람은 앞으로 나서라.

포 샤 그대가 샤일록인가?

샤일록 그렇습니다.

포 샤 그대가 심리를 요구하는 이 소송은 기묘한 사건이지만 법적으로는 아무런 하자가 없다. 따라서 베니스 법정도 그대의 주장을 막을 수 없소. 안토니오, 그대의 목숨은 이 사람 손아귀에 달려 있소.

안토니오 이 사람도 그렇게 말하고 있습니다.

포 샤　이 증서를 인정합니까?

안토니오　인정합니다.

포 샤　그렇다면 유대인이 자비를 베푸는 일만 남았다.

샤일록　그런 의무가 있습니까? 그 점을 말해주시오.

포 샤　자비는 성격상 강요될 수 없는 것이다. 그것은 하늘에서 내려와 스스로 땅을 적시는 은혜로운 비와도 같다. 그 축복은 이중으로 내린다. 자비는 주는 자와 받는 자를 똑같이 축복해주기 때문이다. 자비는 최고의 힘을 가진 사람이 소유할 수 있는 최고의 것이다. 왕에게 있어서 그것은 왕관 이상의 것이다. 왕의 손에 쥐여진 홀(笏)은 속세의 일시적 힘을 나타내고, 왕에 대한 두려움과 공포의 표상이 되지만, 자비심은 왕홀(王笏)의 권력을 초월해서 왕 된 자의 마음속 깊이 자리 잡고, 하느님 자신을 나타내고 있다. 따라서 지상의 권력이 하느님의 힘에 접근하는 경우는 자비심이 정의를 완화시킬 때가 된다. 그러기 때문에 샤일록, 그대가 정의를 요구하는 것은 알 수 있는 일이다. 그러나 샤일록, 생각해보라. 정의만을 구하면, 인간은 누구나 단 한 사람도 구제될 수 없다. 그래서 우리는 자비를 구하며 애원하는 것이다. 그 기도가 우리들에게 자비를 베풀어달라고 가르치고 있다. 이렇게 말하는 것은 그대의 정의를 완화시키자는 생각 때문이다. 그러나 그대가 계속 굽히지 않는다면 엄격한 베니스 법정은 저 상인에게 부득이 불리한 판결을 내려야 한다.

샤일록 자신이 한 일은 자신이 뒤집어써야죠! 소인은 법을 원합니다. 증서대로 차용금 담보물을 원합니다.

포 샤 상인은 그 차용금을 갚을 수 없는가?

바사니오 있습니다. 제가 저 사람 대신 그 돈을 갚을 수 있다고 말하고 있습니다. 그것도 두 배로 갚겠다는 것입니다. 아니, 그것도 부족하다면 열 배로 갚아도 좋습니다. 저의 손, 목, 심장을 담보로 해서 반드시 갚겠습니다. 그래도 부족하다면 이 사람은 정의를 주장하는 것이 아니라 악의에 넘친 보복을 획책하고 있습니다. 부탁합니다. 이번 한 번만 직권으로서 법을 굽히시어, 이 잔혹한 악마의 의도를 꺾어주십시오. 그것은 큰 정의를 실현하기 위한 작은 잘못에 지나지 않습니다.

포 샤 그것은 안 된다. 베니스에서는 어떤 권력으로서도 정해진 법률을 바꿀 수는 없다. 그것이 선례로 기록될 경우에는 그 일 때문에 계속 부정이 생겨나서 국가 혼란의 원인이 되기 때문이다. 절대로 용납될 수 없다.

샤일록 명판사 다니엘의 재현이로구나. 그래 다니엘 같으신 판사님이셔! 현명하신 젊은 판사님 존경하옵니다!

　　그는 포샤의 법복에 입을 맞춘다.

포 샤 증서를 나에게 보여다오.

샤일록 여기 있습니다. 박사님, 이것이 증서입니다.

포 샤 샤일록, 이 돈의 세 배를 받으면 어떤가?

샤일록 저의 맹세, 하늘을 보고 한 그 맹세는 어떻게 되는 겁니까? 맹세를 어긴 죄를 제 영혼이 짊어집니까? 어림도 없습니다. 안 됩니다. 베니스와도 바꿀 수 없어요.

포 샤 (증서를 통독하고 나서) 그렇군, 약속 날짜가 지났군. 그러기 때문에 샤일록, 이 상인의 심장 근처의 살점 일 파운드를 잘라내겠다는 주장은 법적으로 하자가 없는 정당한 요구이다. 그러나 자비를 베풀면 어떤가. 세 배의 돈으로 끝내고, 이 증서는 파기(破棄)하세.

샤일록 증서에 쓰여 있는 대로 처리한 다음 찢어버리십시오. 보기에 법관께서는 아주 훌륭하십니다. 법률 지식도 확실하고 법률 해석도 반듯하십니다. 바로 당신은 법의 기둥이시고, 소생은 그 기둥에 기대어 재판의 진행을 간절히 바라고 있습니다. 이 세상에는 저의 결심을 바꿀 수 있는 어떠한 혓바닥도 없다는 사실을 명심하시고 증서대로 해주시기를 소생의 영혼을 두고 주장합니다.

안토니오 저도 진심으로 바라고 있습니다. 법에 따라 공정한 재판을 해주십시오.

포 샤 그렇다면, 알겠는가, 그대는 가슴에 칼을 받을 각오를 해야 되네.

샤일록 아, 고결한 재판관이로구나! 훌륭한 젊은이로다!

포 샤 법의 취지로 볼 때, 어느 모로 보나 이 증서에 명기되어 있는 차용금의 대가는 수령(受領)해야 되는 정당성이 있음을 인정한다.

샤일록 바로 그것입니다. 아, 현명하고 공명정대한 재판관님! 겉보기 와는 달리 노숙한 분별력을 가지셨네요!

포 샤 그렇다면 그 가슴을 드러내라.

샤일록 그렇습니다, 바로 저 가슴입니다. 증서에 그렇게 씌어 있습니 다. 그렇죠, 재판관님? 정확히 말한다면 '심장에 가장 가까운 곳'이죠.

포 샤 그렇다. 살점을 재는 저울은 준비되어 있는가?

샤일록 여기 갖고 있습니다.

포 샤 샤일록, 자네 비용으로 의사를 대령시키게. 상처를 치료하지 않으면 출혈로 사망할 수도 있다.

샤일록 증서에 그렇게 씌어 있습니까?

포 샤 없다. 그러니 말할 수 있다. 그대는 그 정도의 자선은 베풀어야 한다.

샤일록 그런 말은 없습니다. 증서에 없어요.

포 샤 안토니오, 남기고 싶은 말은 없는가?

안토니오 별로 없습니다. 각오는 되어 있습니다. 작별의 손을 잡자. 바 사니오, 잘 있게. 자네 때문에 이렇게 되었다고 슬퍼하지 말 게. 그래도 운명의 여신은 그 어느 때보다도 친절을 베풀고 있 네. 보통 때 같으면, 파산한 처량한 인간을 계속 살아남게 만들 어, 움푹 꺼진 눈과 주름진 이마로 노년의 빈곤한 생활을 고통 스럽게 맛보게 할 터인데, 그런 계속되는 처참함을 나에게는 면제해준 셈이 되었네. 자네의 그 훌륭한 부인께 안부를 전해주게. 안토니오가 어떻게 최후를 맞이했는지, 그리고 바사니오를 얼마나 좋아했는지, 낱낱이 말해주게. 이야기가 끝나면, 부인께 판단해달라고 부탁하게나. 바사니오에게 진정한 친구가 있었는지 없었는지 말이네. 자네가 친구를 잃은 슬픔에 잠겨 있는 한, 그 친구는 자네 부채를 갚는 일을 슬퍼하지 않을 걸세. 저 유대인이 내 가슴에 칼을 깊이 찔러준다면, 나는 즉시 부채를 갚은 셈이 되는 거니까.

바사니오 안토니오, 나는 방금 결혼한 몸이네. 그래서 내 아내는 내 목숨만큼이나 귀중한 존재지. 그러나 내 목숨도 아내도 아니, 이 세상 전체가 자네 목숨 이상으로 중요하다고는 생각지 않는다. 나는 모든 것을 잃어도 좋다. 이 악마에게 모든 것을 주어도 좋다. 그것으로 자네를 구할 수만 있다면.

포 샤 그대 아내가 곁에서 그 얘기를 듣는다면 별로 기뻐하지 않을 것이다.

그레시아노 내게도 아내가 있네. 분명히 말해두지만 나는 아내를 사랑한다네. 이 유대인 놈이 마음을 바꾸도록 하느님에게 기도하기 위해서라면 아내가 죽어서 천당에 가도 좋다네.

네리사 그런 말은 아내가 없는 자리에서나 할 수 있지요. 그렇지 않으면 가정에 파탄이 일어날 거요.

샤일록 (방백) 이게 기독교인 남편이로구나! 내게도 딸이 있지. 그 애 남편은 기독교도보다는 차라리 도적놈 바라바의 자손이 되는 편이 낫겠다. (큰 소리로) 시간 낭비입니다. 빨리 판결을 내려주십시오.

포 샤 저 상인의 살점 일 파운드는 자네 것이다. 당 법정은 그것을 인정하고, 국법이 그것을 주기로 한다.

샤일록 재판관님, 공명정대하십니다!

포 샤 그대는 이 상인의 가슴에서 그 살점을 도려내어라. 국법이 그것을 허락하고, 당 법정이 그것을 인정한다.

샤일록 박식한 재판관님이시다! 판결이 났다. 자, 각오하라.

　　　그는 칼을 빼 들고 앞으로 나간다

포 샤 잠깐, 서두르지 마라. 또 할 말이 있다. 이 증서에 의하면 피는 한 방울도 그대에게 허락지 않고 있다. 이 증서에는 "일 파운드의 살점"이라고만 기록되어 있다. 그러니 증서대로 살점 일 파운드를 갖도록 하라. 하지만 도려낼 때 기독교도의 피가 한 방울이라도 흘러버리면 너의 토지를 비롯한, 재산은 모두 베니스 국법에 따라 국고에 몰수된다는 사실을 명심하라.

그레시아노 오, 공명정대한 재판관님! 들었는가, 유대인 녀석. 오, 박식한 재판관님.

샤일록 그것이 법률입니까?

포 샤 그대 스스로 법조문을 읽어보게. 그대는 끝까지 정의를 요구했다. 그래서 그 정의를 지금 그대가 희망하는 것 이상으로 그대에게 주려고 한다.

그레시아노　　오, 박식한 재판관님! 들었는가, 유대인. 박식한 재판관님!

샤일록　　소생은 그전의 제의를 받아들이겠습니다. 세 배의 돈을 받고 이 기독교도를 용서하겠습니다.

바사니오　　여기, 돈 있다.

포 샤　　기다려! 유대인은 정의로운 재판을 요구했다. 증서에 적힌 것 이외에는 아무것도 줄 수 없다.

그레시아노　　어떠냐, 유대인! 공명정대하시고 박식한 재판관님이시다!

포 샤　　자, 살을 떼어낼 준비를 하라. 단, 한 방울의 피도 흘리면 안 된다. 그리고 도려내는 살점은 정확히 일 파운드다. 그 이상도 그 이하도 안 된다. 가령, 일 파운드 이상 또는 그 이하의 살을 도려내면, 그 무게가 일 파운드에서 천분의 일이나 만 분의 일만 벗어나더라도, 저울이 머리카락 한 올만큼만 기울더라도 그대는 사형이다. 그리고 전 재산을 압수한다.

그레시아노　　다니엘 명판사의 재현이다, 유대인이여, 다니엘 판사님이다! 이놈, 이단자여, 네놈은 이제 꼼짝달싹 못하게 되었다.

포 샤　　무엇을 주저하느냐? 차용금의 대가를 받아내라.

샤일록　　원금만 받고 물러가겠습니다.

바사니오　　여기 있다. 갖고 가게.

포 샤　　그 사람은 법정에서 공공연히 그것을 거절했다. 그는 정의와 증서에 기록된 위약금만을 받아야 한다.

그레시아노　　그래서 말하지만, 다니엘 판사님이셔. 그 명판관이 다시 오셨어! 유대인, 고맙다. 이런 말을 나에게 가르쳐주었으니.

샤일록   원금만 챙기면 안 됩니까?

포 샤   위약의 대가만이다. 샤일록, 그 일도 그대 목숨이 달린 일일
         세.

샤일록   제기랄, 멋대로 하슈. 나는 더 이상 이 문제로 실랑이를 벌이지
         않겠소. (그는 퇴정한다)

포 샤   잠깐, 유대인. 당 법정은 그대를 퇴정시킬 수 없다. 베니스 국
         법은 다음과 같이 규정하고 있다. 베니스 시민이 아닌 자가 시
         민에 대해서 직접적으로나 간접적으로 그 생명을 박탈하려 한
         경우 범인의 재산 반은 생명을 위협받은 피해자에게 돌아가
         고, 나머지 반은 국고로 환수하게 되어 있다. 또한 범인의 생명
         은 공작의 재량권에 맡겨지며, 다른 어떤 사람도 이 일에 관여
         할 수 없다. 알겠는가, 샤일록. 지금 너의 입장은 바로 이 법조
         문에 해당된다. 왜냐하면 너는 직접적으로나 간접적으로 명백
         한 행위를 통해 이 피고의 목숨을 박탈하려 한 사실이 입증되
         었다. 따라서 너는 지금 읽어준 것과 똑같은 생명의 위험을 자
         초했다. 이제 네가 할 일은 무릎을 꿇고 공작의 용서를 비는 일
         뿐이다.

그레시아노 스스로 목에 밧줄을 감겠다고 공작님의 허락을 받으라. 하
         지만 재산은 몽땅 국고에 환수되었으니 밧줄 살 돈도 없잖는
         가. 그러니 할 수 없다. 공금으로 밧줄을 사서 목을 맬 수밖에
         없다.

공 작   우리의 마음이 너와는 얼마나 다른가 보여주겠다. 너의 목숨만

은 네가 애원하지 않더라도 용서해주겠다. 다만 재산의 반은 안토니오의 소유가 된다. 나머지 반은 국고에 환수되지만, 이후 네가 반성하는 빛이 보이면 벌금형으로 감형할 수도 있다.

포 샤 그것은 국고 분에 한해서지, 안토니오의 몫은 정해진 대로이다.

샤일록 내 생명이고 뭐고 다 가져가시오.· 용서해주든 말든 마찬가집니다. 내 집 기둥뿌리를 빼가면 집 전체를 빼앗긴 것이나 같소. 내가 의지하고 있는 재산을 빼앗아 간다면 내 목숨을 빼앗는 것과 같소.

포 샤 안토니오, 이 사람에게 그대는 어떤 자비를 베풀 것인가?

그레시아노 목맬 올가미나 무료로 드리지요. 나머지는 어림도 없어!

안토니오 공작님, 그리고 법정에 계신 여러분에게 말씀드립니다. 그의 재산의 반을 몰수하는 일은 용서해주시기 바랍니다. 나머지 반은 제가 보관한 다음, 그가 죽으면 어떤 사람, 말하자면 얼마 전 그가 딸을 빼앗겼다고 말한 그 사람입니다만, 그에게 재산을 양도할 생각입니다. 물론 전제 조건이 두 가지 있습니다. 이 같은 은혜를 입었으니 유대인은 기독교로 개종할 것과 둘째로는 지금 이 법정에서 재산 양도 증서를 작성하는 일입니다. 즉 유산을 사위인 로렌조와 딸 제시카에게 남긴다는 내용이죠.

공 작 좋아, 그렇게 하지. 이 결정을 거부하면 유대인은 지금까지 내가 말한 특사(特赦)를 모두 취소한다.

포 샤 어떤가, 샤일록. 더 할 말이 있는가?

샤일록 없습니다.

포 샤 (네리사에게) 서기에게 양도 증서의 작성을 요청한다.

샤일록 부탁이 있습니다. 이 자리에서 물러가게 해주십시오. 몸이 불편합니다. 증서를 보내주시면 나중에 서명하겠습니다.

공 작 퇴장해도 좋다. 그러나 서명은 반드시 해야 한다.

그레시아노 기독교 세례를 받으려면 두 명의 입회인이 있어야 한다. 내가 재판관이라면 열 명을 늘려 열두 명으로 하겠다. 그리고 너를 세례대(洗禮臺)로 데려갈 것이 아니라 교수대(絞首臺)로 보내겠다. (샤일록 퇴장)

공 작 내 집으로 오십시오. 식사를 대접하겠습니다.

포 샤 죄송합니다. 사양하겠습니다. 오늘 밤 안으로 파두아로 돌아가야 합니다. 지금 곧 이곳을 출발하지 않으면 때를 놓치게 됩니다.

공 작 시간이 없으시다면 할 수 없는 일이군요. 안토니오, 이분에게는 가슴 깊이 감사해야 한다. 그대는 깊은 은혜를 입었어. (공작과 그 시종들 퇴장)

바사니오 감사합니다. 나와 내 친구는 당신의 지혜로 죽음을 면하게 되었습니다. 그 사례금으로서 유대인에게 돌려주려고 했던 삼천 두카트의 돈을 당신의 친절한 노고의 대가로 드리고자 합니다.

안토니오 큰 은혜에 대해서는 이 안토니오가 평생 잊지 않고 있겠습니다.

포 샤 마음이 흡족하면 그것으로도 충분한 보상은 받은 셈이죠. 당신을 구제할 수 있었으니 그것만으로도 보상을 받은 셈입니다. 그 이상의 보상은 바라지 않습니다. 우리 다시 만날 때 나를 몰라보시면 안 됩니다. 안녕히 계세요. 이만 실례합니다.

(포샤 퇴정하려고 한다)

바사니오 제발 저의 호의를 받아주십시오. 보상이 아니라 기념품을 선물로 드릴 터이니 받아주십시오. 두 가지 청을 드립니다. 들어주십시오. 우리의 뜻을 거절하지 마시고, 우리의 실례를 용서하시라는 것입니다.

포 샤 그렇게 말씀하시니, 당신의 청을 받아들이겠소. 당신의 장갑을 주세요, 당신을 만난 기념으로 간직하렵니다. 그리고 그 반지를 주세요. 당신의 깊은 사랑의 표시로 삼겠습니다. 손을 뒤로 빼지 마십시오. 더 이상은 받지 않겠습니다. 나를 좋아하신다면, 내 청도 들어주시오!

바사니오 이 반지 말씀입니까? 이것은 싸구려 반지입니다! 이런 것을 주다니 창피한 일입니다.

포 샤 내가 받고 싶은 것은 그것뿐입니다. 다른 것은 필요 없습니다. 그러고 보니 그 반지가 너무 탐스럽네요.

바사니오 실은 이 반지에는 값을 따질 수 없는 사연이 있습니다. 이것 대신에 베니스 최고의 반지를 드리겠습니다. 곧 광고를 내어 구해보겠습니다. 이 반지만은, 부탁입니다, 용서해주십시오!

포 샤 알겠습니다. 당신은 입으로만 선심을 쓰는군요. 무엇이라도 요구하라고 말하고 나서, 지금 달라고 하니까 주지 않고 벗어나는 법을 나에게 가르치고 있어요.

바사니오 이 반지는 사실 제 집사람의 선물입니다. 이 손에 반지를 끼우면서 아내는 제게 맹세를 시켰습니다. 이 반지는 절대로 팔거나 양도해서는 안 된다고 말입니다.

포 샤 물건을 주기 싫을 때 일삼는 구실이죠. 당신의 아내가 양식이 있는 여자라면, 그리고 내가 그 반지를 받을 가치가 있다고 생각한다면, 내게 주어도 원망하지는 않을 것입니다. 자, 그러면 안녕히 계십시오! (포샤는 네리사와 함께 퇴장)

안토니오 부탁이야, 그 반지를 갖다 드리게. 아내의 말도 중요하지만, 저분이 하신 일과 우리 둘의 우정을 생각해보게.

바사니오 그레시아노, 급히 그분들을 쫓아가서 이 반지를 주고 오게. 할 수만 있다면 그분을 안토니오 집으로 모셔 오게나. 부탁이야, 급히 서둘러. (그레시아노 퇴장) 자, 자네와 나는 곧 자네 집으로 가야 하네. 내일은 아침 일찍 벨몬트로 향해 달리자. 가자, 안토니오. (두 사람 퇴장)

제2장 베니스, 거리

포샤와 네리사 등장.

포 샤 샤일록의 집을 찾아다오. 이 증서에 서명을 해야 한다. 오늘 밤 이곳을 출발해서 남편이 도착하기 하루 전에 귀가해야 한다. 이 증서를 보면 로렌조는 기뻐할 것이다.

그레시아노 등장.

그레시아노 아, 잘 되었네요. 간신히 따라왔군요. 실은, 바사니오가 고심한 끝에 이 반지를 박사님에게 드리게 되었습니다. 그리고 식사 초대에 응해주시기를 바라고 있습니다.

포 샤 식사는 사양하겠습니다. 그러나 반지는 고맙게 받겠습니다. 제 뜻을 잘 전달하시고, 부탁입니다만 이 젊은이에게 샤일록의 집을 가르쳐주세요.

그레시아노 그렇게 하겠습니다.

네리사 박사님, 잠깐. (포샤에게 방백) 저도 제 남편의 반지를 빼앗을 수 있는지 시험해보겠습니다. 그 반지는 영원히 놓치지 않겠다고 맹세한 것입니다.

포 샤 (네리사에게 방백) 틀림없이 할 수 있다. 반지를 준 상대가 남자라고 말하면서, 그분들은 면목을 잃고 거듭거듭 맹세할 것이다. 그렇게 내버려두자. 급히 서둘러 가자! 내가 기다리는 곳을 알고 있을 테지.

네리사 (그레시아노에게) 샤일록 집으로 안내해주세요. (모두 퇴장)

제5막

제1장 벨몬트, 포샤의 집 앞에 있는 가로수 길

로렌조와 제시카 등장.

로렌조 달빛이 휘영청 밝다. 이런 밤이면 향기로운 바람이 나뭇가지 끝에 살짝 입을 맞추고, 소리도 없이 지나간다. 이런 밤이었다. 트로일로스(트로이 왕 프리아모스의 아들-역자 주)가 트로이의 성벽 위에 올라가서 그날 밤 크레시다(트로일로스를 배신한 연인-역자 주)가 잠들고 있던 그리스군 막사를 향해 영혼을 불어내듯 긴 한숨을 몰아쉬던 곳은.

제시카 바로 이런 밤이었죠. 티스베(이웃 젊은이 피라모스를 사랑했던 바빌론의 소녀-역자 주)가 겁에 질려 살금살금 이슬을 밟고 님을 만나러 가다가, 사랑하는 피라모스를 만나기 전에 사자 그림자를 보고 겁에 질려 정신없이 도망가던 밤이.

로렌조 정말이지 이런 밤이었다. 디도(카르타고를 창설한 여왕-역자 주)가 거친 파도가 밀려오는 바닷가에 서서 손에 버드나무 가지를 흔들면서, 연인 아이네이아스(로마의 귀족으로서 디도가 사랑한 연인. 아이네이아스는 디도를 버렸다. 버드나무는 버림받은 사랑을 뜻한다-역자 주)를 다시 한번 카르타고로 불러오고 싶어 했던 밤은.

제시카 바로 이런 밤이었죠. 메데이아(콜키스 왕의 딸이며 무녀(巫女)였다─
역자 주)가 늙은 시아버지 아이손을 회춘시키려고 마법의 약초
를 캐고 다닌 밤은.

로렌조 정말이지 이런 밤이었다. 제시카라는 처녀가 부유한 유대인
아버지에게서 몰래 빠져나와 건달인 남자와 베니스로 도망쳐
서 벨몬트까지 왔던 밤은.

제시카 바로 이런 밤이었죠. 로렌조라는 젊은이가 처녀의 마음을 훔
치려고, 마음에도 없는 진실한 사랑을 연거푸 맹세하던 밤은.

로렌조 정말이지 이런 밤이었다. 어여쁜 제시카가 귀여운 꼬마 말괄
량이처럼 연인의 험담을 늘어놓았어도, 그 연인은 그 일을 용
서했던 밤은.

제시카 밤을 걸고 하는 말놀이는 이길 자신이 있는데, 누가 오고 있네
요. 들어보세요, 사람 발자국 소리가 납니다.

　　　　하인 스테파노가 뛰어온다

로렌조 이런 고요한 밤에 급히 오는 사람은 누구요?

스테파노 친구 되는 사람이오.

로렌조 친구라? 어떤 친군데? 이름을 대라!

스테파노 스테파노라 합니다. 전갈을 갖고 왔습니다. 아씨 마님께서 날
이 새기 전에 이곳 벨몬트에 오신답니다. 오시는 길에 아씨께서
는 십자가 앞에 무릎을 꿇으시고 새로운 결혼 생활의 행복을 정
성껏 빌었습니다.

로렌조 누가 동행했는가?

스테파노 수도승 한 분과 시녀입니다. 주인 아저씨께서는 아직도 귀가 하지 않으셨습니까?

로렌조 아직 오시지 않았다. 소식도 없어. 집 안으로 들어가자. 제시 카, 이 댁 마님이 돌아오시니깐 집안 정돈을 해서 맞이할 준비 를 합시다.

　　　란슬로트 등장.

란슬로트 여보게, 여보게! 우, 하, 호! 여보게, 여보게!

로렌조 누구냐? 우리를 부르는 사람이?

란슬로트 여보게! 로렌조 어른을 못 보셨나요? 로렌조 어른이요. 여보 게, 여보게!

로렌조 고함 지르지 말게, 여기 있어.

란슬로트 어디야? 어이, 어디야?

로렌조 여기다.

란슬로트 로렌조 어른께 전해주시오. 우리 주인으로부터 사환이 왔습 니다. 뿔나팔 소리에 희소식이 가득합니다. 주인께서는 아침 까지 이곳에 도착하신답니다. (퇴장)

로렌조 제시카, 집 안으로 들어가서 기다립시다. 그래, 들어갈 필요는 없어, 무엇 때문에 들어가? 스테파노, 자네한테 부탁하네. 집 안으로 들어가 아씨 마님께서 곧 도착하신다고 말하고, 악사 들을 밖으로 나오도록 전달하게. (스테파노 퇴장)

이 둑 위에서 잠들고 있는 달빛은 참으로 아름답구나! 우리도 여기 잠시 앉아서 음악 소리에 귀를 기울이자. 밤의 장막, 그리고 부드러운 고요함이 달콤한 음악 소리를 듣기에는 아주 적절하다.

여기 앉아요, 제시카. 저것 봐, 아득하게 펼쳐진 저 하늘을. 황금 접시로 빽빽하게 수놓아진 하늘이다. 당신 눈에 뜨이는 아주 작은 별 하나하나가, 하늘을 돌면서 천사 같은 노래를 부르고 있구나. 맑은 눈동자를 지닌 하늘의 아기 천사들도 함께 노래를 하네. 영원불멸의 영혼은 언제나 이토록 음악 소리를 내고 있지만, 썩어서 먼지가 되는 육신이 영혼을 조잡하게 감싸고 있기 때문에 우리는 음악 소리를 들을 수 없어.

　악사들 등장.

이쪽으로 오게! 찬양의 음악 소리로 달의 여신 디아나를 깨우고, 달콤한 음악 소리로 포샤의 귀를 울려 귀로를 인도해주게.(음악 소리)

제시카　감미로운 음악을 듣고도 유쾌해진 적이 없어요.

로렌조　그 이유는 당신의 마음이 너무 긴장되어 지쳐 있기 때문이야. 거칠게 뛰어노는 소 떼나 개구쟁이 망아지들의 무리를 눈여겨보시오. 모두 미친 듯이 날뛰고 요란하게 울고불고 야단들인데, 그게 다 타고난 격한 기질 때문이야. 그러다가 갑자기 나팔 소리나 어떤 음악 소리를 듣기라도 하면 하나같이 동작을 멈

추고, 사나운 눈초리는 온순한 눈빛으로 바뀌지. 이것이 감미로운 음악의 힘이란다. 한때 시인은 노래를 했어요. 오르페우스가 나무, 돌, 강물을 음악의 힘으로 움직였어요. 목석 같은 견고함도, 홍수 같은 포악한 힘도, 음악을 들으면 그 사이에 성질이 변합니다. 마음속에 음악이 없는 사람, 아름다운 멜로디를 듣고도 감동을 못 느끼는 사람, 그런 인간은 배반, 음모, 파괴 등에 능할 뿐이지. 이들의 정신은 어두운 밤처럼 우둔하고, 감정은 지옥에 접해 있는 에레보스(지구와 지구 사이에 있는 어두운 공간. 옛 신화에 나온다-역자 주)처럼 캄캄하지요. 그런 인간은 결코 믿을 수 없소. 들어봐요, 저 음악을.

　　포샤와 네리사 등장.

포 샤　봐라. 저기 보이는 불빛은 우리 집 홀의 촛불이지. 저렇게 작은 촛불이 이토록 멀리까지 빛을 내뿜다니 놀랍네! 저 불빛처럼 착한 행동은 악으로 가득한 세상을 비추는 법이야.

네리사　달빛이 비칠 때는 저 불빛이 보이지 않았습니다.

포 샤　그렇다. 큰 영광은 작은 영광을 보이지 않도록 만든다. 왕이 부재 시에는 대리도 왕처럼 빛을 발산하지만, 왕이 돌아오면 그 위엄은 순식간에 소멸된다. 그것은 시냇물이 바닷물에 빨려드는 것과 같다. 음악이다, 들어봐!

네리사　마님, 저 소리는 댁의 악사들이 연주하고 있는 것입니다.

포 샤　무엇이든 주변과 조화를 이루면 좋아 보인다. 저 음악도 낮보다는 밤이 더 어울리네.

네리사   밤의 장막이 음악을 돋보이게 합니다.

포 샤   주변에 아무것도 없으면 까마귀 울음소리도 종달새처럼 아름답게 들리는 법이다. 반대로 나이팅게일도 거위들이 꽥꽥거리는 대낮에는 굴뚝새보다 나은 음악가라고 생각지 않을 것이다! 세상일에는 때가 있는 법이야. 때를 만나야지 진가를 발휘할 수 있고, 올바른 칭찬도 받을 수 있다! 쉿! 엔디미온(달의 여신 셀레네의 사랑을 차지한 그리스 신화 속의 미남 청년-역자 주)이 달의 여신과 잠들고 있네! 깨워도 일어나지 않을 것이다.

　　음악이 멎는다.

로렌조   바로 그 목소리다. 틀림없이 포샤 목소리다.

포 샤   장님이 뻐꾹새를 알아보듯이 내 목소리를 알아보네. 흉한 목소리를 냈는데도!

로렌조   부인, 집에 돌아오신 것을 환영합니다!

포 샤   우리들 낭군들의 행운을 빌고 왔습니다. 그 기도가 응분의 효과를 발휘하리라고 믿고 있습니다. 그분들은 돌아오셨습니까?

로렌조   아직 돌아오지 않았습니다. 조금 전에 사자가 다녀갔는데 곧 도착하신답니다.

포 샤   네리사, 들어가보아라. 우리가 집을 비워둔 것을 내색해서는 안 된다고 하인들에게 일러두어라. 로렌조, 그리고 당신 제시카도 아는 척하지 말아요.

트럼펫 소리, 사람들 목소리 들린다.

로렌조 저 트럼펫 소리가 주인의 귀가를 알리고 있습니다. 우리는 입이 무겁습니다. 걱정 마세요.

포 샤 오늘 밤은 마치 병든 낮과 같구나. 그 어느 때보다도 창백해 보인다. 지금은 낮인가 보다. 태양이 숨어 있는 그런 대낮도 있으니깐.

바사니오, 안토니오, 그레시아노, 그리고 수행원들 등장.

바사니오 지금은 한낮이다. 지구 반대편에 있는 것과 같다. 태양이 없어도 포샤가 이처럼 걷고 있기 때문이다.

포 샤 나는 빛을 주고 싶지만 경박한 여자가 되고 싶지는 않아요. 왜냐하면 경박한 아내는 남편을 침울하게 만들기 때문이지요. 나 때문에 바사니오 님을 그렇게 만들고 싶지 않아요. 하지만 모든 일은 하느님의 뜻에 달려 있습니다. 무사히 집에 돌아오신 것을 환영합니다.

그레시아노와 네리사가 따로 떨어져 얘기한다.

바사니오 고맙소, 부인. 내 친구를 환영해주시오. 바로 이 사람이 안토니오, 내 친구요. 내가 그토록 많은 신세를 지고 있는 바로 그 사람이오.

포 샤 당연하시지요. 그 은혜를 어떻게 잊을 수 있나요. 이분은 당신 때문에 감옥에 들어가셨다면서요.

안토니오 구속되었다가 이처럼 풀려났습니다.

포 샤 우리 집에 오신 것을 환영합니다. 환영은 말보다는 다른 방법으로 표시해야죠. 말로 하는 인사는 이만 줄일까 합니다.

그레시아노 (네리사에게) 저 달에 맹세하지만, 당신은 오해하고 있소. 정말로 나는 그것을 재판관 서기에게 주었어요. 당신이 신경을 쓰는 것을 보니, 그 녀석이 고자였으면 좋겠어.

포 샤 아니 벌써부터 부부 싸움인가요? 무슨 일로 싸우죠?

그레시아노 금가락지 때문이죠. 아내가 나에게 준 싸구려 금반지예요. 그 반지에는 흔히 칼 따위에 새겨져 있는 명문(銘文)이 있죠. "나를 사랑해주세요. 나를 버리지 마세요"라는 글귀입니다.

네리사 뭐라고요? 싸구려 물건이라니? 명문이 어떻단 말이에요? 내가 그 반지를 당신에게 주었을 때 당신은 맹세했어요. 죽을 때까지 그 반지를 간직하겠다고 말했어요. 무덤 속에 그 반지를 함께 묻어달라고 말했어요. 나를 위해서가 아니라, 당신의 그 열렬한 맹세 때문에 그 반지를 소중하게 간직하고 있어야 옳았죠. 재판장 서기에게 주었다고요! 안 될 말씀, 하느님이 판단하시겠지만, 그 서기는 틀림없이 턱주가리에 수염이 나지 않을 것입니다.

그레시아노 나고말고, 그가 자라서 어른이 된다면 말이야.

네리사 그렇겠죠, 여자가 자라서 남자가 된다면 말이죠.

그레시아노 그래, 이 손에 걸어 맹세하지만, 나는 그 반지를 어떤 젊은 이에게 주었지. 아직도 어린 소년 같았어. 칠삭둥이였지. 키는 당신만 했어. 재판관의 서기였지. 말 많은 그 소년이 그 반지를 달라고 조르기에 나는 거절할 수 없었소.

포 샤 당신이 잘못했어요, 솔직히 말씀드린다면. 부인의 첫 번째 선물을 그토록 가볍게 줄 수 있나요? 맹세를 거듭하며 그 손가락에 끼셨지요. 그렇다면 신의의 못으로 당신 몸에 박아놓은 것이죠. 나도 사랑하는 남편에게 반지를 선사하고, 결코 놓치지 않겠다는 맹세를 받아냈습니다. 지금 내 낭군이 옆에 계신데, 나는 그가 아무에게도 그 반지를 주지 않았다고 맹세할 수 있어요. 손가락에서 빼내는 일도 하지 않을 테죠. 세상의 재화를 다 준다 해도 그는 반지를 내놓지 않습니다. 그레시아노, 당신은 부인의 가슴에 상처를 입혔어요. 나 같았으면 정신이 돌아 버렸을 거예요.

바사니오 (방백) 아, 이 왼손을 잘라버리는 것이 낫겠다. 반지를 잃지 않으려고 애쓰다가 그렇게 됐다고 말할 수 있겠지.

그레시아노 그런데 바사니오도 반지를 주고 말았습니다. 재판관이 달라고 성화였지요. 줄 만한 가치는 있었습니다. 그랬더니 이번에는 서기였던 어린애가 서류 만든 수고조로 내 반지를 달라는 거예요. 도무지 재판관이건 서기건 간에 반지 외에는 아무것도 받으려고 하지 않았습니다.

포 샤 어떤 반지를 드렸나요? 설마 제가 드린 그 반지는 아니겠죠.

바사니오 잘못을 저질렀는데, 게다가 거짓말까지 해도 좋다면, 그 반지가 아니라고 우겨댈 수 있겠지만, 사실은 내 손가락에 그 반지가 없으니 어쩔 수 없소. 그 반지를 줘버렸소.

포 샤 그렇군요. 당신의 부정한 마음에 진실은 없군요. 하늘에 맹세코 나는 당신과 잠자리를 않겠어요. 그 반지를 다시 볼 때까지는 말이죠.

네리사 저도 그럴 것입니다. 제 반지를 다시 볼 때까지는!

바사니오 포샤, 이해해주시오. 그 반지를 내가 누구에게 주었는지, 그 반지를 누구 때문에 주었는지, 그 반지를 어떤 이유로 주었는지, 그 반지 이외에는 아무것도 받지 않겠다고 해서 그 반지를 얼마나 괴로운 심정으로 내놓았는지, 그 사정을 알게 되면 당신의 기분은 달라질 것이오.

포 샤 당신도 이해해주셔야죠. 그 반지에 어떤 사랑이 깃들어 있는지, 그 반지를 선사한 여인은 어떤 가치가 있는지, 그 반지를 몸에 달고 다닌다는 것은 어떤 명예가 있는지, 당신이 그것을 알고 있다면 그 반지를 내놓지 않았을 거예요. 상대방이 누구라 하더라도 당신이 열의를 갖고 거절했다면, 사랑의 기념품인 그 반지를 달라고 무례하게 말하지 않았을 겁니다. 네리사가 좋은 것을 가르쳐주었네. 틀림없어요. 그 반지를 받아 간 사람은 여자죠.

바사니오 아니오. 나의 명예를 걸어, 나의 영혼에 걸어, 그 반지를 갖고 간 사람은 여자가 아니라 법학박사예요. 그는 내가 제안한 삼천 두카트의 돈을 거절하고, 그 반지를 달라고 강요했소. 물론 나는 안 된다고 말했지. 그러자 그는 불쾌한 기분으로 가버렸소. 나는 괴로웠소. 그분은 내 친구의 목숨을 살려준 재판관이오. 어떻게 말해야 알아주겠소, 포샤? 나는 그를 뒤쫓아가서 반지를 건네주었소. 수치심과 의리 때문에 그렇게 할 수밖에 없었소. 내 명예에 상처를 입고, 은혜도 모르는 인간이라는 오명을 뒤집어쓰고 싶지 않았기 때문이오. 그러니 용서하시오, 포샤. 밤하늘의 불빛인 맑은 별을 두고 맹세하겠소. 그 현장에 당신이 있었다면 나에게 그 반지를 달라고 해서 법학박사에게 선사했을 것임에 틀림없소.

포 샤 그 박사를 우리 집에 얼씬도 못하도록 해주세요. 그분은 나의 보물을 수중에 넣었기 때문이죠. 당신이 나를 위해서 절대로 내놓지 않겠다던 그 반지 말이에요. 나도 당신처럼 관대해져서 귀중한 것들은 무엇이든 그분에게 내놓을지도 모르죠. 내 몸도, 남편의 침대도. 아마 틀림없이 그분과 사이가 좋아질 수도 있죠. 하룻밤도 집을 비우시면 안 돼요. 아르고스(그리스 신화에 나오는 눈을 백 개 지닌 이상적인 감시인 — 역자 주)처럼 저를 감시하세요. 만일 저를 혼자 내버려두면, 아직도 저의 것인 정조를 두고 맹세하지만, 법학박사와 한 침대 속에서 잘지도 모르죠.

네리사 저도 그 서기와 그렇게 될 수도 있어요. 혼자 내버려두면 혼날 줄 아세요.

그레시아노　마음대로 해. 그러나 발각되지 않도록 해. 잡히는 날에는 그 서기 놈 연장이 부러질 줄 알아.

안토니오　슬프게도 이 싸움의 원인은 나에게 있습니다.

포 샤　슬퍼하지 마세요. 당신만은 대환영입니다.

바사니오　포샤, 용서해주오. 어쩔 수 없었던 내 실수를. 그래, 여기 있는 친구들 앞에서 나는 당신에게 맹세하오. 내 모습이 비치고 있는 당신의 눈을 두고 맹세하오.

포 샤　저 말 좀 들어보세요! 이 두 눈에는 저분이 이중으로 비치고 있습니다. 오른쪽 왼쪽 눈에 각각 하나씩이죠. 자신의 두 몸에 맹세할 정도이니 믿을 만합니다.

바사니오　정말이지 내 말 좀 들어보오. 이번 일만은 용서해주시오. 이 영혼을 걸고 맹세하겠소. 두 번 다시 당신과의 약속을 깨뜨리지 않겠소.

안토니오　나는 한때 이 친구의 행운을 빌며 몸을 저당잡혔소. 그런데 부인 남편의 반지를 갖고 간 그분이 아니었더라면, 이 몸은 이미 죽었을 겁니다. 이번에는 이 몸이 영혼을 걸고 맹세합니다. 그는 다시금 고의적으로 언약을 깨지 않을 것입니다.

포 샤　그렇다면 당신이 보증을 서주십시오. (손가락에서 반지를 빼고) 이 반지를 주시고 그전 것보다 더 소중히 간직하도록 말하세요.

안토니오　바사니오, 이 반지를 놓치지 않겠다고 맹세하게.

바사니오　아니, 이것은 내가 박사에게 주었던 그 반지가 아닌가!

포 샤　그것을 되돌려 받았습니다. 바사니오, 용서해줘요. 이 반지를 받은 답례로 나는 박사와 동침했습니다.

네리사 그레시아노, 용서해주세요. 어젯밤, 그 박사의 서기였던 칠삭
둥이 젊은 애와 이 반지의 대가로 동침했어요.

그레시아노 어찌 된 영문인가? 고칠 필요도 없는 도로를 한여름에 마
구 파헤치는 꼴이 되었구나! 남편 구실을 하기도 전에 아내가
먼저 바람난 신세가 되었네!

포 샤 상스럽게 함부로 얘기하지 마세요. 여러분 모두 놀랐죠? 여기
편지가 한 통 있습니다. 틈이 나면 읽어보세요. 파두아의 벨라
리오 박사로부터 온 것입니다. 읽으시면 알게 됩니다. 그 박사
는 포샤였습니다. 서기는 네리사였고요. 로렌조가 증인이죠.
저는 당신이 출발하신 직후에 출발해서 지금 막 돌아온 길입니
다. 아직 집 안에 들어가지도 않았습니다. 안토니오 님, 잘 오
셨습니다. 더 좋은 소식이 기다리고 있습니다. 상상도 못할 일
이죠. 이 편지를 즉시 읽어보세요. 뜻밖에도 당신의 배 세 척이
화물을 가득 싣고 입항했다는 소식입니다. 어떤 기막힌 사연으
로 이 편지를 손에 넣게 되었는지는 여기서 밝힐 수 없습니다.

안토니오 말문이 막히네!

바사니오 그 박사였다고? 내가 당신을 몰라봤단 말이오?

그레시아노 당신이 그 서기였소, 나를 병신으로 만들었던?

네리사 그래요, 하지만 바람난 여자는 아닙니다. 칠삭둥이 서기가 자
라서 어른이 되어야 가능하지요.

바사니오 아름다운 박사님, 당신은 나와 동침해도 좋겠습니다. 내가

집을 비우면 내 아내와 함께 자도 괜찮소.

안토니오 아름다운 부인이시여, 당신 덕택으로 나는 목숨과 재산을 건 졌습니다. 이 편지를 보니 상선은 무사히 항구에 닿았습니다.

포 샤 그런데 로렌조? 내 서기는 당신에게도 좋은 소식을 갖고 있어요.

네리사 그렇습니다. 사례금도 받지 않고 무료로 드립니다. 자, 이것을 받으세요, 당신과 제시카에게 주는 유대인 부자의 재산 상속 증서입니다. 그가 죽으면 유산은 모두 두 분의 소유가 됩니다.

로렌조 아름다운 두 분이시여, 그대들은 굶주린 사람들에게 은혜로운 하늘의 선물을 베푸시네요!

포 샤 새벽이 밝아옵니다. 여러분, 아직도 궁금증이 풀리지 않는 듯 한데, 집안으로 들어가서 마음껏 질문을 하세요. 우리들은 무 엇이든지 속 시원히 답변해드리겠습니다.

그레시아노 그렇게 하십시다. 첫 질문을 하겠습니다. 네리사가 맹세를 하고 답변하세요. 내일 밤까지 참고 기다릴 것인가, 아니면 날 이 밝으려면 아직도 두 시간이 남았으니, 지금 당장 잠자리에 들 것인가 하는 문제입니다. 물론 나는 아침이 오더라도 법학 박사의 서기와 자는 아침은 캄캄한 어둠이었으면 좋겠습니다. 더 길게 자고 싶거든요. 앞으로 살아가는 동안 나는 아무런 걱 정도 없겠습니다. 그러나 단 한 가지 네리사의 반지를 지킬 수 있을까, 이것이 정말 걱정스럽습니다.

일동 퇴장.

셰익스피어 희극의 이해

1. 셰익스피어 희극의 전통과 특성

셰익스피어 희극작품이 전통과 어떤 관계를 맺고 있는가, 또는 그의 희극작품에 보이는 공통된 희극적 원리 · 주제 · 구조, 희극적 효과, 사상 등은 무엇인가를 해명하는 일은 그의 작품의 이해를 위해 중요한 전제가 된다.

셰익스피어의 희극작품에서 특히 중요한 사실은 틸랴드(E.M.W. Tillyard)가 이미 그의 논문「희극의 특성과 셰익스피어」에서 지적하고 있는 다음과 같은 분석에서 명백히 드러난다. "당대의 희극작품과 셰익스피어의 희극을 구분 짓는 특징은 '혼합의 양(the amount of blending)'이다. 작품 하나하나가 개성적이다. 그러나 거의 모든 작품이 혼합의 비율은 다르지만 다른 작가의 작품에서 볼 수 있는 온갖 요소를 지니고 있다." 이것이 이른바 셰익스피어 희극의 다양성과 중층성을 만드는 원인이 된다.

셰익스피어는 그리스 로마 고전 희극의 전통을 이어받고, 중세극의 영향을 받았다. 이탈리아 르네상스 시대의 희극작품은 그가 직접 모방하면서 재창조의 기틀을 삼은 걸작들이다. 메난드로스(Menandros), 아리스토파네스(Aristophanes), 플라우투스(Plautus), 그리고 테렌티우스(Terentius) 등 위대한 희극작가들의 다양한 영향에서 그는 결코 벗어날 수 없었다.

영국 최초의 희극작품인 니콜라스 우달(Nicholas Udall)의 〈랠프 로이스터 도이스터〉(1552)나 영국 대학의 대표적 지성이면서 당대의 대표적인 극작가였던 릴리(Lyly)와 필(Peele), 토머스 내시(Thomas Nash), 로버트 그린(Robert Greene), 토머스 로지(Thomas Lodge), 크리스토퍼 말로(Christopher Marlowe) 등의 작품에서도 영향을 받은 그의 작품은 다양한 표현 양식과 플롯, 방대한 내용과 폭넓은 주제의 선택, 언어와 시청각적 효과의 절묘한 배합으로 다변적 무대가 가능한 희곡작품을 완성했다.

1587년은 셰익스피어가 극단을 따라 런던으로 갔을 것이라고 추측되는 해였으며, 1588년은 영국이 스페인 무적함대를 격파한 해다. 이 때문에 엘리자베스 시대 사람들은 윤택하고 활력에 넘친 생활을 즐기고 있었는데, 때는 바야흐로 중세의 규제와 억압에서 풀려난 런던 시민들이 르네상스 운동의 거센 물결 속에서 새 시대의 자유와 해방을 만끽하고 즐거운 인생을 구가하던 시기였다. 이런 시대적 배경은 영국의 희극 발전에 중요한 의미를 지니게 된다.

셰익스피어가 창작 활동을 시작하기 전 30년 동안 영국에서는 약 35편의 희극작품이 발표되었고(이 가운데 반은 현재 유실되고 없다), 셰익스피어가 1590년부터 작품을 발표하기 시작하여 20년 동안에는 200편 이상의 희극작품이 런던에서 발표되었는데(4분의 1은 유실), 이 사실로 미루어

볼 때 시대와 작가, 그리고 극단과 관객의 조화로운 유대가 이 시대만큼 잘 형성된 때도 없었다.

엘리자베스 시대 희극은 일반적으로 극 형식과 내용이 이미 언급한 대로 외래적 영향과 토착적인 것이 혼합된 다양한 면모의 연극이었다. 셰익스피어가 희극을 쓰기 시작한 시기에 런던 희극 무대에서 발견된 두드러진 특징은 이탈리아 희극의 유입이었다. 이탈리아를 배경으로 한 그의 두 편의 작품 〈로미오와 줄리엣〉과 〈오셀로〉는 이탈리아 가정희극이 서정극이나 비극으로 둔갑한 경우인데, 이 일은 대학 극작가들이나 당대 영국 시인 스펜서(Spenser)나 마벨(Marvell)에서도 발견되는 특징이다. 셰익스피어의 경우는 그의 희극의 장면 설정이나 등장인물, 그리고 행태 등이 이탈리아와 관련된다는 점에서 이와 유사하다.

그의 희극이 설정한 장소는 베로나·파두아·베니스·메시나·일리리아·플로렌스·로마·시실리 등이고, 〈태풍〉에서 작중인물 프로스페로의 섬은 나폴리와 카데이지 사이에 자리 잡고 있다. 두 희극작품은 이탈리아의 도시를 타이틀로 정하고 있다. 16세기의 이탈리아 희극은 사회적이며 성적(性的) 스캔들로 이야기를 꾸미고 있으며 극의 진행이 도시에서 이루어진다. 셰익스피어의 경우도 그렇다. 작중인물의 경우는 어릿광대(fool) 등의 희극적 인물의 도입에서, 그리고 행태 면에서는 사랑을 위한 변신과 역전(逆轉) 등의 예에서 쉽게 알 수 있는데, 특히 소재를 이용하는 측면에서는 그의 이탈리아 희극 의존도가 압도적이다.

물론 이런 일은 셰익스피어가 이탈리아 희극에서 많은 것을 빌려왔지만 그의 독창적인 재창조가 언제나 동시에 진행되고 있었다는 것을 전제로 하고 있다. 셰익스피어는 〈실수 연발(The Comedy of Errors)〉〈윈저의 명랑한 아낙네들(The Merry Wives of Windosor)〉에서 플라우투스를 빌려왔다. 플라우투스는 로마시대의 희극작가이다. 그는 4세기 그리스에서 위력을 떨쳤던 '뉴 코미디(the New Comedy)'를 모방하면서 작품을 썼다.

그의 작품을 각색한 공연물이 이탈리아 르네상스 시대의 무대에 부활하여 15세기와 16세기에 걸쳐 공연되었는데, 이 가운데서도 아리오스토(Ariosto)가 각색한 작품 〈상상(I Suppositi)〉(1509)은 나중에 가스코인(Gascoigne)의 〈상상(Supposes)〉(1566)의 토대가 되었고, 다시 셰익스피어의 작품 〈말괄량이 길들이기(The Taming of the Shrew)〉에서 비앙카 구혼의 서브 플롯이 되었다. 플라우투스는 그의 작품이 번역되고 각색되면서 엘리자베스 시대 공연무대에 파급되었으며, 셰익스피어는 이 일에도 크게 기여했다. 그의 유머 감각과 플롯 설정, 예컨대 변장, 은밀한 사랑, 이산가족의 재결합, 희극적 상황의 설정, 음모와 소동 그리고 우스꽝스러운 말다툼, 무대상의 기교, 인물의 성격 창조 등에서 그는 플라우투스로부터 많은 것을 얻어 왔다.

〈베로나의 두 신사(Two Gentlemen of Verona)〉〈로미오와 줄리엣(Romeo and Juliet)〉〈끝이 좋으면 다 좋다(All's Well That Ends Well)〉 등의 작품에서도 플롯 구성과 성격 창조 면에서 플라우투스의 영향을 쉽게 발견할 수 있다. 플라우투스가 자주 사용한 프롤로그의 기법은 〈헨리 5세(Henry V)〉에서 막(幕)마다 도입되고 있으며, 〈로미오와 줄리엣〉의 1막과 2막의 코러스 장면, 〈겨울 이야기(The Winter's Tale)〉의 4막에서도 볼 수 있다.

또한 에필로그의 기법은 〈헨리 4세(Henry IV)〉와 〈당신이 좋으실 대로(As You Like It)〉에서 재현되고 있다. 이산가족과 그 재회의 플롯은 〈실수연발〉〈겨울 이야기〉〈심벨린(Cymbeline)〉 등에서 볼 수 있다. 플라우투스의 〈아둘루라리아(Adularia)〉는 구두쇠 딸이 젊은이와 사랑의 도피를 꾀하는 내용을 담고 있는데, 이 플롯은 〈베니스의 상인(The Merchant of Venice)〉의 로렌조-제시카의 서브 플롯에서 재창조되고 있다. 남자로 변장하는 인물의 창조는 플라우투스 특유의 인물 창조 기법인데 셰익스피어의 여주인공들 — 줄리아 · 포샤 · 로잘린드 · 비올라 · 이모진 등에서 다시 볼 수 있다.

〈사랑의 헛수고(Love's Labour's Lost)〉와 〈한여름 밤의 꿈(A Midsummer Night's Dream)〉에서 보여준 셰익스피어의 변장과 분규(紛糾), 이중 플롯 등의 기법은 그가 르네상스 이탈리아 희극에서 배운 것이다.

2. 셰익스피어 희극의 주제

셰익스피어의 희극은 결국 영국 르네상스 연극이 메난드로스, 플라우투스, 그리고 테렌티우스에서 이어받아 이룩한 전통적인 희극적 형식의 한 가지 변형이라 할 수 있다. 이와 같은 전통적 희극의 가장 두드러진 특성 가운데 하나는, 부모와 연적의 반대를 물리치고 사랑의 승리를 거두는 젊은 연인들의 이야기라는 점이다.

엄격한 사회적 인습이 지배하는 사회 속에서 독선과 아집만을 내세우는 악덕 인간들이 극 초반에는 대세를 장악하지만 극이 마무리되는 단계에서는 새로운 사회를 이끄는 젊은이들이 대세를 반전시키는 드라마로 발전된다. 이것은 인간이 속박된 상태의 비정상에서 자유를 얻는 정상 상태로의 회복을 실현하는 역전(逆轉)의 드라마가 되며, 개인적인 소원이 해결되면서 사회의 질서가 잡히고, 개인의 재생이 가능해지며, 사회와 국가의 존속이 이루어지는 행복한 결말의 통과의례다.

젊은이들은 어른들의 세계 속에서 그들에게 알맞은 자리를 차지한다. 젊은이의 사랑과 순수한 정열은 하나의 시대가 저물고 새로운 시대가 막을 올리는 변화의 계기요 원동력이다. 희극의 종결이 결혼으로 끝나는 것은 개인적인 의지가 실현되고 새로운 사회의 질서가 정착되는 상징적 표현이 된다.

노드롭 프라이(Northrop Frye)는 셰익스피어의 희극 세계를 '그린 월드(green world)'의 드라마라고 규정한다. 그에 의하면 극적 행동은 '정상 세계(normal world)'에서 시작되지만 그 세계는 '닫힌 세계(closed world)'다. 그 닫힌 세계로부터 열린 세계인 '그린 월드'로 진입하게 되고, 그 속에서 인간의 전신(轉身)과 세계의 전환이 이루어지면서 드라마는 변화된 '정상 세계'로 돌아온다는 것이다. 이런 경우 드라마는 두 세계의 상황적 대조감, 두 체험세계의 양상과 그 가치, 현실인식의 두 가지 측면 등을 극명하게 보여준다.

'정상 세계'의 최초의 액션은 법정이나 도시, 또는 가정에서 발생한다. 도시는 가정의 집합체이고, 결혼은 사회적인 의미를 갖게 된다. 도시를 다스리는 영주나 가정에서의 부모는 법의 엄격한 권위를 자랑하면서 결혼 적령기에 처한 젊은 남녀의 사랑을 위협하고 있다. 이 두 남녀들은 대부분의 경우 서로 가문이나 신분, 사회적 지위가 다른 인물들이다. 그들의 사랑은 기성세대 집단의 독선적이며 어리석은 주장과 반대에 부딪힌다. 젊은 남녀는 이들의 위협으로부터 벗어나기 위해 공작과 부모의 세계를 떠난다. 도시의 벽을 뛰어 넘어 꿈과 마술의 세계로 비상한다. 그 세계는 숲의 세계 — '그린 월드'이다. 그곳은 달빛 속에서 요정들이 춤추고, 목가적인 풍경 속에서 양치기들이 사랑을 꿈꾸는 곳이다. 나무가 자라고 꽃이 피고 있는 산속에는 공주 같은 여인이 영웅 같은 애인을 기다리고 있다.

이 '그린 월드'는 작품의 주제에 따라 서로 다른 의미를 지니게 된다. 〈베니스의 상인〉의 경우는 기성세대의 낡은 질서에 맞서는 자비와 관용의 미덕이 된다. 〈한여름 밤의 꿈〉의 경우는 이성(理性)의 도시 아테네의 법에 맞서는 달빛 젖은 공상과 욕망의 유토피아가 된다. 어떤 경우든 그것은 현재의 상태에서 이상적인 상태로의 이행(移行)을 의미하고 있다.

이 '그린 월드'의 세계로 탈출하기 위해 젊은이들은 처음에 여러 가지 어려운 시련을 겪게 되지만 그 과정을 통해 그들의 착한 마음은 더욱 견고해지고, 결국 행복한 결말을 누리게 된다. 그런데 행복한 결말은 시련의 극복과 운명의 변화에서 비롯되는 것이기는 하지만, 근원적으로는 마음의 변화에서 이룩되는 반전과 전신(轉身) 때문에 가능하다. 셰익스피어 희극에서 우리가 주목해야 되는 주제가 바로 이 일을 가능케 하는 사랑의 기능과 역할이다. 사랑은 인간의 마음을 열게 하고, 사람을 서로 접합시키며, 사람의 마음을 바꾸게 하고, 악을 패배시키면서 선을 실천케 한다는 것이다.

〈한여름 밤의 꿈〉의 주제는 사랑과 상상력이다. 사랑을 여러 국면으로 나누어서 표현하고 있는 점이 주제의 중층성을 느끼게 만들어준다. 테세우스와 히폴리타의 원숙한 사랑, 궁전의 젊은이들이 추구하는 독단적이며 일방적인 사랑, 요정의 왕과 여왕 부부가 권태기에 겪는 사랑의 감정, 요정의 여왕 티타니아와 직공 보툼이 뒤엉키는 그로테스크하고

에로틱한 사랑, 극중극에서 보여주고 있는 피라모스와 티스베의 고전적이며 정열적인 사랑—이 모든 사랑의 상황이 상호 연관되어 이야기가 전개되는 가운데 이상적인 사랑의 개념이 통합적으로 전달되도록 만들고 있다.

3. 셰익스피어 희극의 기법

셰익스피어 희극의 특징은 그 중층성에 있기 때문에 이 문제의 분석과 해명은 그의 극작 기법을 이해하는 데 필수적이다. 셰익스피어 작품의 플롯·인물·언어·주제 등은 복잡하게 서로 얽혀 있지만 전체적으로 볼 때에는 통일적인 효과를 나타낸다. 여러 가지 극적인 요소들이 서로 얽혀 있다는 것은 갈등 관계를 맺고 있는 대립구조가 희극의 기본적인 틀을 형성하고 있다는 뜻이 된다. 따라서 대립구조의 몇 가지 기본적인 틀을 검토하는 일은 셰익스피어 희극을 이해하는 데 큰 도움이 된다.

셰익스피어 희극의 첫 번째 틀은 다양화와 통일이다. 다양성은 엘리자베스 시대 희곡작품이 필연적으로 지니고 있는 성격인데, 셰익스피어의 경우, 플롯의 측면에서는 복합구조가 되어 메인 플롯과 서브 플롯이 서로 엉키고 있으며, 또한 비극적 부분과 희극적 부분이 공존하면서 에피소드·음악·무용·극중극 등의 장면이 삽입된다.

등장인물의 경우는 다양한 신분·계급·종족의 인간들과 초자연적인 망령·마녀·요정 등이 등장하며, 비극의 경우 주인공에게 초점을 맞춘 것과는 대조적으로 희극에서는 초점의 확산을 꾀하고 있다. 희극의 중심 테마는 사랑이지만, 그 사랑의 양상을 다양한 측면에서 조명하고 있는 점이 두드러진다. 이토록 복잡한 여러 가지 요소를 하나로 묶는 일은 톤(tone), 대조, 유사한 것의 병치(竝置), 보완관계의 설정 등의 기법으로 처리했다.

구성 면에서 볼 수 있는 중층성의 구체적 예를 우리는 〈한여름 밤의 꿈〉에서 볼 수 있다. 이 드라마는 세 가지 이질적인 세계로 구성되어 있다. 그것은 궁전의 세계와 서민의 세계, 그리고 요정의 세계다. 이 세 가지 세계가 드라마 속에서 혼연일체가 되고 있는데, 셰익스피어는 이 작품 속에서 스토리나 작중인물의 성격을 철저히 추적하는 방법 대신에 인간 상호 간의 관계, 그리고 사랑의 몇 가지 양상을 희극적으로 그리는 일에 치중한다. 그는 이와 같은 기교를 사용하면서 드라마에 현실적인 생동감을 안겨주고 있다. 꿈같은 이야기가 이상하게도 현실에 가까운 박진감을 지니도록 만들어내는 셰익스피어 희극의 특징은 중층적 기법이 거둔 성과라 할 수 있다.

두 번째 틀은 일상성과 비일상성의 대립이다. 이것은 현실과 이상의 대립이 되기도 한다. 사랑의 주제를 묘사하는 방법에서도 이 기법이 도입되고 있으며, 특정한 스토리, 극적 상황, 작중인물의 표현에도 사용되고 있다. 예컨대, 스토리의 장면이 공간이나 시간적으로 멀리 떨어져 있도록 설정되었지만, 인물과 풍속과 자연의 묘사는 일상생활의 모습을 그리고 있는 점을 들 수 있다.

〈한여름 밤의 꿈〉에 등장하는 테세우스는 신화 속의 영웅이지만, 행동과 의상은 엘리자베스조 식이다. 이런 기법은 무대와 관객의 거리를 떼어놓고, 다시 융화시키는 효과를 만들어낸다. 이 대립의 틀은 셰익스피어 희극에 있어서 구조적 패턴이 되고 있는, 일상성으로부터의 탈출과 귀환이라는 플롯 개념과도 일치한다.

세 번째 틀은 허상과 실상의 대립이다. 셰익스피어 희극의 중요한 모티브의 하나가 되는 '인물의 착각(mistaken identity)'을 떠받치고 있는 구조이다. 이 같은 착각은 상대방을 잘못 아는 것 이외에도 자기 자신의 진실한 모습을 보지 못하는 내면적인 착각도 포함하고 있다. 이 같은 착각을 유발하는 동기는 쌍둥이 · 마법 · 약물 · 변장 등의 트릭을 사용하는 경우와, 자부심과 편견 등의 내면적인 요인에서 오는 경우가 있다. 극중극의 기법도 이에 속한다. 허구와 현실이 뒤바뀌고 있다. 그 때문에 '웃음'이 생긴다. 젊은 연인들이 겪는 이성과 환상의 착오, 티타니아와 보톰의 착각 등이 이에 속한다.

성격 창조에서 볼 수 있는 중층성은 셰익스피어가 고전극 · 중세극 등의 전통에 따라 종래의 희극적 인물을 재생시키지만, 동시에 요정이나 변장한 여인 등과 같은 새로운 인물의 성격을 입체적으로 창조해내는 독특한 기법에서 생겨난다. 셰익스피어의 희극적 인물 속에는 서로 모순되면서도 융화되는 여러 가지 성격적 요소들이 포함되어 있다. 그 좋은 예가 폴스타프이다. 이 인물 속에는 중세극의 악마 · 방탕성 · 악 · 허풍쟁이 · 어릿광대 등의 잡다한 요소가 가득 차 있지만 전체적으로 보통 사람의 유연한 입체적 성격으로 친근감을 안겨주고 있다. 중요한 것은 셰익스피어의 희극은 작중인물의 성격을 과장하는 성격희극이 아니고, 성격 이상으로 운명이나 우연이 큰 작용을 하고 있는 드라마라는 사실이다.

잭 본(Jack A. Vaughn)은 그의 저서 『셰익스피어 희극론』에서 '숲'이라는 상징적 공간 설정의 기법을 자세히 설명하고 있다. 그의 말을 인용한다.

> 젊은 연인들의 사랑이 희극운동의 주축을 이루고, 이 사랑의 '시작-진행-분규-해결'을 가져오는 데 있어 필수적인 장치가 '숲'인데 셰익스피어에 있어 가장 대표적인 '숲'은 아든 숲이다. 아든 숲과 같은 것으로는 〈한여름 밤의 꿈〉의 숲이 있다. 문제 해결을 가져오는 장소로 볼 때 〈십이야〉의 무대인 일리리아섬과 〈폭풍〉에 나오는 마법의 섬(enchanted island)도 같은 숲의 개념에서 취급하고자 한다. (중략) 아든 숲으로 대표되는 셰익스피어 희극의 숲은 도시의 숲과 대조되는 한가롭고 평화스러운 전원의 중심부분이다. 도시가 인습·전통·권위·규율·타락을 나타낸다면, 숲은 자유·신선함·젊음·치유·음악 등을 대표하는 곳이다. 이 숲속은 사랑의 도피처요, 요정이 뛰노는 곳이요, 사랑이 자유스럽게 이루어지는 곳이요, 일상적 상식이 통하지 않고, 도시의 시간이 없는 '환상의 세계'이다. 희극 속에 '축제적인 놀이'가 있다고 볼 때에, 이 숲은 축제의 마당인 것이다.

셰익스피어의 희극작품은 대부분의 경우 지나친 명령이나 제안으로 시작된다. 이 같은 발단은 극심한 대립과 갈등을 조성하면서 극이 극한 상황으로 치닫는 위기에 처하도록 하지만 해피엔딩으로 끝나게 된다. 도입부의 긴장감은 관객의 호기심을 자극하여 드라마의 결과에 대해 기대와 관심을 갖도록 만든다.

〈한여름 밤의 꿈〉에서 아버지는 그의 딸 허미아에게 디미트리우스와 결혼하도록 강요한다. 이것이 극의 발단이 된다. 그녀는 아버지의 강요를 피해 숲속으로 사랑의 도피를 감행한다. 젊은이들은 숲속에서 사랑의 시련을 겪게 된다. 이것이 극의 발전이요 전개가 된다. 극의 종말은 사랑하는 남녀가 각기 자신의 배필을 찾게 되는 해피 엔딩이 된다.

이들 희극작품 속에 표현된 사랑의 정황은 너무나 인위적이요 인습적이다. 〈한여름 밤의 꿈〉에서 셰익스피어가 애인들을 뒤섞어놓기 위해서 '사랑의 즙'을 사용하는 경우가 그 좋은 예가 된다. 퍼크의 장난은 웃음을 유발하고 기쁨을 선사해주지만 현실감은 상실되고 관객은 꿈속에서 환상을 보는 듯하다. 숲과 달빛과 밤의 극적 장치 속에서 인간은 꿈속을 헤매는 이상한 체험을 하게 되고, 그 체험 속에서 삶에 대한 계시를 받게 된다. 희극은 축제의 마당이라고 했다. 그 마당에서 웃고 놀면서 인간은 지혜가 생기고 변신을 거듭하게 된다.

셰익스피어의 비극작품은 한 가지 이념이나 사상에 극이 집중되어 있다. 그래서 주인공의 성격 분석이 극을 해명하는 데 중요한 구실을 하고 있다. 희극은 현실을 보는 눈이 더욱 다원적이다.

에드워드 다우든(Edward Dowden)은 그의 저서 『셰익스피어의 사상과 예술』에서 이렇게 말하고 있다. "셰익스피어는 그의 통합적인 재능처럼 유머 감각도 다양하다. 그는 절대로 인간 생활의 한 가지 국면만을 파헤치는 그런 종류의 극작가가 아니다." 다우든은 이 문제에 대해 계속해서 중요한 발언을 하고 있다. "영국 희곡의 전통은 진지한 것과 희극적인 것을 병치시키는 방법을 선호했다. 셰익스피어는 서로가 서로의 한 부분이 되도록 만들었다. 비극 속에 희극을 침투시키고, 희극 속에 비극적 진지함을 투영시킨 것이다." 이와 같은 맥락에서 로버트 코리건(Robert Corrigan)도 그의 논문 「희극과 희극 정신」에서 뜻깊은 말을 하고 있다. "연극사에서 가장 비극적인 장면의 하나가 히스 광야에서 폭풍우를 만나고 있는 리어 왕과 광대의 장면이다."

극의 소재는 언제나 중성적인 것이다. 그 소재를 다루는 극작가의 기법에 의해 비극·희극·멜로 드라마·소극 등의 의미가 생긴다. 이때 중요한 것은 극작가의 희극적 인생관이다. 그 인생관이란 무엇인가. 코리건은 다음과 같은 요지의 말을 하고 있다. "희극은 인간의 인내심을 찬양하는 내용이 된다. 인간은 숱한 실패를 거듭하더라도 좌절하지 않고 다시 일어나서 도전을 감행한다. 말하자면 소생에 대한 불굴의 의지를 지니고 있다. 따라서 희극의 정신은 '부활의 정신'이다. 그리고 희극적 체험에서 얻게 되는 기쁨은 패배를 거듭하더라도 인간은 즐겁게 살아남을 수 있다는 낙관적 인생관에서 연유한다. 희극적 행동의 중심에는 언제나 위기를 극복하고 행복한 결합을 이루는 사랑하는 연인들이 존재하고 있다는 사실이 이것을 입증하고 있다."

이 시점에서 우리는 극작가 이오네스코의 솔직한 발언에 주목해야 한다. 그의 말을 들어보자. "희극과 비극은 똑같은 상황의 두 가지 양상에 지나지 않다. 나는 지금 이 두 가지를 구분할 수 없는 단계에 와 있다." 이런 엄청난 문제에 봉착한 극작가는 이오네스코 이전에 체호프가 있었고, 또 그 이전에는 물론 셰익스피어가 있었다. 체호프는 그의 작품 〈갈매기〉와 〈벚꽃동산〉을 희극이라 규정했다. 체호프는 "눈 앞에 있는 인생을 그대로" 표현했다. 산타야나(Santayana)의 "자연 속의 사물은 이상적인 본질을 유지하면 서정적이요, 운명을 생각하면 비극적이지만, 존재론적으로 보면 희극적"이라는 말대로 희극의 의미가 적용되는 경우이다.

존재론적으로 볼 때 "눈 앞에 있는 인생"의 현재적 모습은 부조리 그 자체이다. 그리고 그것은 보잘것없이 허무하다. 혹자는 이것을 비극이라 볼 수도 있다. 그러나 셰익스피어나 체호프, 그리고 이오네스코 등의 극작가들은 인간의 처절한 비운의 순간에 희극적 몸짓이 있는 것을 발견한다. 물론 이것은 해럴드 핀터(Harold Pinter)류의 '블랙 코미디'의 카테고리라고 말할 수도 있고, 부조리 연극을 보면 그렇게 인정할 수도 있지만, 고뇌와 좌절과 소외의 눈물을 삼키며 터뜨리는 체호프의 연극에서도 우리가 똑같이 느끼는 일이 된다.

인간 체험의 복합성과 난해성은 극작가들에게 때로는 비극을 간직한 희극의 혼합된 극형식을 추구하도록 만든다. 크리스토퍼 프라이(Christopher Fry)는 이 문제에 대해서 간결하게 언급하고 있다. "작중인물의 성격이 비극을 감당하지 못하면 희극은 불가능하다."

최재서는 그의 저서 『셰익스피어 예술론』에서 "인간을 불행에 빠지게 했다가 행복으로 인도하는 것이 셰익스피어 희극이다. 인간과 주위의 인간들의 관계가 원만할 때에만 인간은 행복할 수 있다. 행복은 사회적으로 실현된 질서이다. 셰익스피어의 희극들은 그러한 사회적 질서를 제일원리로서 추구한다. 그 기능은 단순히 관객을 웃기는 일이 아니라, 원만한 행복감을 주는 일"이라고 말한다.

인간의 불행을 표현하는 비극의 기법과 행복을 표현하는 희극의 기법이 공존하고 있는 〈로미오와 줄리엣〉(1594)은 내용으로 볼 때 비극에 속하지만 그 형식과 기법은 셰익스피어가 비극을 쓰기 전 희극작품을 쓰던 시기의 서정적 희극에 속한다. 이 작품은 〈한여름 밤의 꿈〉(1595), 〈베니스의 상인〉(1596) 등의 희극이 공연된 비슷한 시기의 작품이다. 이 작품의 소재는 이탈리아 민담에서 얻어 온 것인데 비극에 적합한 스토리를 지니고 있다. 셰익스피어는 이 소재를 활용해서 원숙한 희극적 기법을 구사하는 낭만적인 사랑과 죽음의 찬가를 성공시켰다.

4. 작품론

1) 로미오와 줄리엣

텍스트

이 작품의 텍스트인 첫번째 쿼토판(Q1)은 1597년에 인쇄된 것이다. 두 번째 쿼토판은 1599년에 인쇄된 것이다. Q1판은 좋은 대본이 못 된다. Q2판은 Q1판보다 700행이 추가되었다. 이후에 1609년 Q3판이, 연대 표시 없는 Q4판이 나온 후에 1637년 Q5가 나왔다. Q3판은 첫 폴리오판 (Folio)의 토대가 되었다.

창작 시기

1591년부터 1596년에 걸친 광범위한 추측이 있다. 초창기 쪽을 주장하는 근거에는 유모의 대사(1막 3장 23행) "지진이 난 지 11년이 됐어요"가 1580년의 런던 지진을 지칭하고 있다는 주장 때문이다. 후기 연대를 주장하는 사람들은 1596년 에식스에 의한 카디즈 원정(Cadiz Expedition)의 내용을 텍스트에서 감지할 수 있다는 것이다. 또한 이 같은 주장을 뒷받침하는 이유의 하나가 Q1판의 표지에 인쇄된 1597년이라는 연대 표시이다. 하지만 일반적으로 인정되고 있는 연대는 1595년이다. 이 시기는 셰익스피어의 '서정극 시기(lyrical period)'의 초기이며, 셰익스피어가 심취했던 윌리엄 코벨(William Covell)의 저서 『폴리만테이아(Polimanteia)』가 1584년의 지진을 언급하고 있기 때문이다.

소재

창작의 원천으로서는 아서 브룩(Arthur Brooke)의 『로미오와 줄리엣의 비극적 유래(Tragical Historye of Romeus and Juliet)』(1562)가 꼽힌다. 이 작품의 스토리가 되는 두 젊은이의 사랑의 비극은 이탈리아 르네상스 시기에 유행하던 것이었다. 〈로미오와 줄리엣〉의 내용을 담고 있는 최초의 이야기는 마스키오 살레르니타노(Masuccio Salernitano)의 『일 노벨리노(Il Novellino)』(1474)이다. 이 이야기는 또한 마테오 반델로(Matteo Bandello)의 『르 노벨레 디 반델로(Le Novelle di Bandello)』(1560)를 내포하고 있는 윌리엄 페인터(William Painter)의 『쾌락의 성(The Palace of Pleasure)』(1566, 1567, 1575) 속에 담겨 있다.

플롯 시놉시스

1막 : 해묵은 원수지간인 두 명문 몬태규 가와 캐퓰리트 가 사이에 새로운 싸움이 번지기 시작한다. 몬태규 가의 로미오는 로잘라인과의 이루지 못한 사랑의 고뇌로부터 막 벗어나고 있는 중이었다. 그의 친구 벤볼리오는 로미오에게 캐퓰리트 가의 무도회에 가보자고 권한다. 로미오는 무도회에서 아름답고 청순한 처녀 줄리엣에게 매혹당한다. 줄리엣도 로미오를 잊지 못한다. 그들은 곧 그들의 사랑이 이룰 수 없는 불운한 사랑이라는 것을 알게 된다. 무도회에서 줄리엣의 사촌인 티볼트가, 로미오가 무도회에 침입한 것을 알고 공격하려 하지만 캐퓰리트 가의 가장이 그를 중지시킨다.

2막 : 로미오는 그의 친구들과 헤어져 정원으로 숨어 들어가 줄리엣 방 창문 밑에 몸을 숨긴다. 줄리엣이 읊조리는 사랑의 맹세를 엿듣고 그는 자신의 모습을 드러낸다. 두 젊은이는 열렬한 사랑의 갈망 속에서 다음날 오정에 은밀하게 결혼할 것을 약속한다. 다음 날 아침 줄리엣은 유모를 보내 결혼 준비를 시키고, 로미오는 로렌스 신부를 설득하여 결혼식을 집전하도록 함으로써 예식을 마친다. 로렌스 신부는 이들의 결혼이 두 집안의 분쟁을 종식시킬 것이라고 믿어 의심치 않는다.

3막 : 결혼식이 끝난 후, 로미오는 그의 친구 머큐쇼와 벤볼리오를 만나러 갔는데, 이 두 친구들은 티볼트와 격렬한 싸움을 벌였다. 티볼트는 로미오와 한판 승부를 하고 싶은데, 로미오는 그의 도전에 응하려 하지 않는다. 하지만 머큐쇼는 이 싸움에 말려들어 티볼트에 의해 치명상을 입고 끝내 죽는다. 로미오는 친구의 죽음을 보고 더 이상 참지 못한 나머지 티볼트를 살해한다. 로미오는 급히 로렌스 신부한테 간다. 한편 살인사건을 보고받은 베로나 영주는 로미오의 추방을 언도한다. 줄리엣은 로미오에게 반지를 보내며 하룻밤을 그녀의 침실에서 보내자고 그를 불러들인다. 그는 밧줄을 타고 그녀의 침실로 들어간다. 그녀와 사랑의 잠자리를 나눈 다음 날 새벽, 그는 만토바로 유배의 길을 떠난다. 캐퓰리트 가에서는 줄리엣이 비밀리에 결혼한 것을 모르고 그녀를 패리스에게 시집보내려 한다.

4막 : 줄리엣은 어떻게 해야 할지 모르고 깊은 고민에 빠진다. 그녀는 양친에게 로미오와의 결혼을 고백할 수도 없고, 그렇다고 패리스와 결혼할 수도 없는 곤경에 처한 것이다. 그녀는 로렌스 신부를 찾아가서 상의한다. 로렌스 신부는 묘안을 짜낸다. 그녀가 패리스와의 결혼을 승낙한 다음, 로렌스 신부가 조제한 수면제를 복용하고 가사 상태에 빠진다는 것이다. 캐퓰리트 가에서는 줄리엣이 죽은 줄 알고 장례식을 치른 다음 줄리엣을 가족묘지에 안장할 것이다. 그녀가 잠에서 깨어날 때쯤 신부로부터 자초지종을 들은 로미오가 가족묘지로 와서 줄리엣을 데리고 만토바로 간다는 것이 로렌스 신부의 계획이었다. 줄리엣은 기꺼이 신부의 계획을 따르기로 작정한다.

5막 : 로렌스 신부의 부탁을 받고 심부름을 간 존 신부가 제 시간에 로미오에게 닿지 못해서 로렌스 신부의 전갈을 전하지 못한다. 로미오는 다른 경로로 줄리엣의 사망 소식을 접하게 된다. 로미오는 줄리엣이 가고 없는 세상을 살기보다는 차라리 스스로 목숨을 끊는 것이 낫다고 생각한다. 그는 독약을 구한 다음 밤중에 베로나로 온다. 그가 캐퓰리트 가의 묘지로 들어서는 순간 슬픔과 절망에 울부짖는 신랑 패리스를 만나 방해를 받는다. 로미오는 그를 죽이지 않으면 안 된다. 로미오는 줄리엣 곁으로 간다. 그녀에게 키스를 한 다음, 독약을 먹고 그 자리에서 죽는다. 로렌스 신부가 서둘러 묘지로 왔지만 때는 이미 늦었다. 로미오의 죽음도 말리지 못했고, 로미오의 죽음을 본 줄리엣이 자결하는 것도 막을 수 없었다. 두 젊은이가 사랑의 순교를 감행한 자리에서 원수지간이던 몬태규 가와 캐퓰리트 가는 서로 화해한다.

작품 평가

〈로미오와 줄리엣〉은 셰익스피어 작품 활동 초기, 〈한여름 밤의 꿈〉 〈베니스의 상인〉 등의 희극과 〈존 왕〉 〈리처드 3세〉 등 일련의 사극이 씌어진 시대에 속하는 걸작으로, 신선한 젊음의 감각과 낭만적인 서정성이 넘치는 희곡작품이다. 셰익스피어는 이 작품에서 그가 희극의 창작에서 얻은 능숙한 기법을 충분히 활용하고 있다. 이 작품에 등장하는 인불들은 희극에 등장해도 좋을 인물들인데, 이들의 밝고 기지에 넘친 요설(饒舌)과 대사는 다혈질의 기질과 낙천적인 성격 등과 합쳐져서 희극을 형성하는 중요한 구실을 하고 있다. 수많은 학자들과 비평가들은 이 작품이 셰익스피어 희극작품의 패턴에 맞추어져 있음을 지적하고 있다. 그 패턴은 무엇인가. 특정한 사회의 안정과 평화를 위해서는 희생양이 필요하다는 주제의 패턴이다.

셰익스피어 희극에는 어김없이 아름다운 연애 장면이 나온다. 〈로미오와 줄리엣〉은 그의 작품 가운데서 가장 아름답고, 애절한 사랑의 드라마라 할 수 있다. 게오르그 브란데스는 너무나 적절하게 평하고 있다. "이 작품은 첫눈에 매혹당하는 젊고 충동적인 사랑을 표현하고 있다. 그 사랑이 너무나 열렬하기 때문에 사랑의 온갖 장애물은 문제가 되지 않는다. 너무나 철저한 사랑이기 때문에 행복과 죽음 사이에서 중도(中度)의 길이란 없는 것이다. 이들의 사랑은 너무나 불운해서 황홀한 사랑의 결합에는 죽음의 그림자가 뒤따르고 있다."

〈로미오와 줄리엣〉은 낭만적인 서정극으로서 셰익스피어가 세네카의 영향을 많이 받고 있음을 알 수 있는 작품이기도 하다. 결국 서로 적대시하는 두 집안에 태어난 운명 때문에 순결한 두 젊은이가 불행한 죽음을 당하고, 우발적인 사건이 비극적 운명의 패턴을 만들어 나가는 경우가 이에 해당된다. 로미오가 무도회에 가서 줄리엣을 만난 것은 우연한 일이었다. 그가 티볼트와 머큐쇼의 결투 장면에 나타난 것도 우연한 일이었다. 로렌스 신부가 보낸 존 신부가 로미오를 만나지 못했기 때문에 로미오가 로렌스 신부의 계획을 몰랐던 것도 우연이었다. 줄리엣이 잠에서 늦게 깨어나 로미오의 음독을 말리지 못한 것도 우연이었다. 불운한 별자리의 숙명이 우연한 일을 만들어 드라마의 사건을 진전시키는 일은 셰익스피어가 세네카에서 빌려온 것이다. 〈로미오와 줄리엣〉에서 펼쳐지는 숱한 유혈극의 참상과 공포는 전형적인 세네카 비극이라 할 수 있다. 줄리엣의 무덤 장면, 피투성이가 되는 결투 장면, 피에 물든 티볼트의 시신, 마지막 장면의 처절한 죽음 등은 세네카류의 방식이다. 그러나 이와 관련해서 한 가지 주의해야 할 점은, 셰익스피어는 이들 두 젊은이의 죽음을 초래한 것이 운명인지, 아니면 젊은이들 자신의 무절제한 행동 때문인지에 대해서는 분명한 답변을 하지 않고 있다는 것이다.

〈로미오와 줄리엣〉은 특이한 작품이다. 셰익스피어의 독특한 극세계를 보여주고 있다. 왜냐하면 이 작품은 낭만적인 희극이면서 비극이고, 동시에 리얼리즘의 싹이 보이면서 다양하고 잡다한 요소가 서로 엉켜 있는 특이한 형식의 작품이기 때문이다. '불행한 별자리의 연인들' 이야기는 확실히 낭만적이다. 로미오와 줄리엣은 만나서 첫눈에 사랑하고, 몰래 결혼하지만 우연한 일로 비운의 죽음을 당하는 일들이 불과 닷새 동안에 일어나고 있다. 하지만 이 청춘의 사랑에 첨가되고 뒤따르는 것은 외설이요, 농담이요, 희극이요, 피투성이 싸움이요, 희희덕거리는 웃음, 터지는 홍소(哄笑)이다.

이 리얼리즘을 대변하고 있는 것이 유모의 역할이요, 머큐쇼의 성격이다. 머큐쇼는 꿈같은 이상적인 인물 로미오의 청춘상과 대조되는 감각적이고 현실적인 인물로 창조되고 있다. 아서 브룩의 시편에서는 미미하고 보잘것없는 인물로 묘사되고 있는데 셰익스피어가 독창적으로 살려낸 것이다. 새뮤얼 존슨(Samuel Johnson)은 "희극적 장면은 잘 그려지고 있는데, 비극성은 언제나 손상을 입고 있다"고 말하고 있으며, 찰턴

(Henry Buckley Charlton)은 "비극적 이념의 형태에서는 실패한 작품이지만, 이만한 작품이 된 것은 셰익스피어의 시적 천재와 마술, 그리고 간헐적으로 나타나는 극적 재능 때문"이라고 말하고 있다.

그러기 때문에 나는 〈로미오와 줄리엣〉을 비극이니 희극이니 하는 카테고리에 넣기보다는 인간과 자연을 총체적으로 표현하고 있는 희비극 드라마로 보고 싶은데, 그 속에는 인간의 현실 그대로 순수와 불순, 사랑과 외설, 시와 산문, 슬픔과 웃음 등이 뒤섞여 있다. 극적 행동의 발전 과정을 보아도 이것을 알 수 있다. 머큐쇼가 티볼트에 의해 살해되고, 친구의 원수를 갚느라 로미오가 티볼트를 죽이면서 극은 반전되어 로미오는 추방되고, 줄리엣과 패리스의 혼담, 그리고 로렌스 신부의 묘책, 그 어긋남, 두 연인의 죽음, 그리고 양가의 화해로 끝나는데, 이 플롯의 진행 과정 속에는 유모의 희극적 행동과 이야기, 머큐쇼의 '마브 여왕', 시종 피터와 악사들의 희극적 장면 등이 삽입됨으로써 극의 대조감이 생겨 액션에 박력이 생기고 상쾌한 매력이 추가된다.

스퍼전(Caroline F. E. Spurgeon)은 그녀의 이미저리 연구에서 대조감의 기교가 빛의 이미저리로 활용되는 예를 〈로미오와 줄리엣〉에서 찾고 있다. 태양·달·별·불꽃·낮·밤·어둠·구름·비·안개·연기 등 이미지의 대조감으로 사랑을 표현하고 있다는 것이다. 줄리엣에게 로미오는 '밤 속의 낮'이다. 로미오에게 줄리엣은 '동쪽에서 떠오르는 태양'이다. 셰익스피어는 로미오와 줄리엣의 사랑을 금세 불이 붙었다가 빠르게 타오르는 불꽃이 순식간에 꺼지는 빛의 이미지로 보았다. 빛·햇살·별빛·달빛·일출·일몰·불꽃·유성·촛불·횃불·어둠·구름·안개·비·밤 등의 이미지는 이 작품의 분위기와 사랑의 감정을 고

양시키는 배경의 그림이 되고 있는 것도 우리가 주목해야 할 부분이다. 두 집안의 불화도 '억센 불꽃' 등으로 표현되고 있다.

셰익스피어의 언어는 1596년 이전에 오랫동안 영국에서 애송되었던 사랑의 서정시에서 빛의 언어와 음악을 얻어왔다. 그 언어의 대표적인 경우를 우리는 1막 5장 95~100행의 소네트에서, 3막 2장 1~31행의 소야곡에서, 3막 5장 1~59행의 중세시대의 사랑의 서정시에서, 그리고 5막 3장 12~17행의 비가(悲歌)에서 볼 수 있다.

〈로미오와 줄리엣〉은 전 세계 젊은이들이 언제 어디서나 가장 많이 찾는 책 가운데 한 권이다. 그 속에는 젊음과 사랑, 그리고 이별과 죽음의 문제가 제기되고 있기 때문이다. 셰익스피어는 극작가 초기 시절에 이 작품 속에 숱한 이질적인 여러 가지 극적 요소들을 투입해서 엘리자베스 시대 희극과 비극의 새로운 발전의 기틀을 잡았다. 햄릿은 로미오의 연장일 수도 있다. 오필리어와 코델리아는 줄리엣의 연장일 수도 있다. 주제와 플롯, 그리고 성격 창조에서 그는 뛰어난 재능을 일찍이 이 작품에서 선보인 셈이다.

2) 한여름 밤의 꿈

텍스트

가장 신뢰할 만한 텍스트는 첫 번째 쿼토판이다. 1600년에 인쇄한 것이다. 두 번째 쿼토판은 1619년에 인쇄했는데 첫번째 쿼토판을 토대로 해서 지문을 첨가했다. 1623년의 첫 번째 폴리오판은 두 번째 쿼토판을 재인쇄한 것이다. 쿼토판에는 막과 장면 표시가 없었다. 첫번째 폴리오

판에 이르러 막이 구분되었다.

창작 시기

확실하지 않지만 1594~1595년으로 추정하고 있다. 연대를 추정하는 단서는 티타니아가 언급한 1594년의 심한 강우(降雨)다. 1592년에 죽은 로버트 그린(Robert Greene)에 대한 언급(5막 1장 52~54행)을 제시하는 학자도 있다.

소재

플롯은 셰익스피어의 창작이다. 작품의 여러 부분들은 제각기 다른 소재를 갖고 있다. 두 쌍의 연인들이 서로 얽히는 정사의 플롯은 이탈리아 희극에서 소재를 구한 것이고, 셰익스피어는 이 소재를 그의 작품 〈베로나의 두 신사〉에서 다시 활용하고 있다. 테세우스와 히폴리타에 관한 이야기는 초서(Chaucer)의 『기사 이야기』에서 얻어온 것이다. 셰익스피어는 또한 플루타르크 영웅전 가운데서 '테세우스의 일생'을 1579년판인 노스(North)의 번역판으로 읽었으리라 짐작된다. 피라모스와 티스베의 이야기는 오비디우스(Ovidius)의 『변신(Metamorphoses)』에서 소재를 구한 것이다. 요정 퍼크(로빈 굿펠로)에 관한 민담은 그가 어린 시절 고향 땅에서 들은 이야기다. 그 당시 스트랫퍼드에서는 이런 얘기들이 널리 퍼져 있었다.

플롯 시놉시스

1막 : 아마존의 여왕 히폴리타와의 결혼을 앞둔 아테네의 공작 테세우스는 특별한 여흥거리를 만들라는 지시를 내린다. 이 여흥의 일부를 아테네의 직업인들이 맡는다. 이들은 아테네 교외에 있는 숲속에 집합해서 보톰의 연출로 각자 드라마의 역할을 맡는다. 에게우스는 불만이다. 그의 딸 허미아가 그가 선택한 디미트리우스를 멀리하고 라이산더와 결혼하려 하기 때문이다. 아테네의 법은 아버지의 명령을 따르게 되어 있다. 허미아와 라이산더는 아테네의 숲속으로 사랑의 도피를 감행한다. 하지만 이들 한 쌍의 연인들은 큰 실수를 한다. 그들의 도피 계획을 사전에 헬레나에게 알렸던 것이다. 헬레나는 허미아의 친구인데 디미트리우스를 몹시 사랑한다. 그러나 디미트리우스는 허미아를 사랑한다.

2막 : 아테네의 숲속에는 요정들이 있는데, 이들은 공작의 결혼을 축하하기 위해 인도에서 날아왔다. 이들의 지배자인 오베론 왕은 티타니아 여왕과 심한 갈등을 빚고 있다. 어린 인도 소년의 보호 문제로 서로 다투고 있기 때문이다. 오베론은 그녀를 처벌하려고 결심한다. 그의 부하 로빈 굿펠로를 시켜 신비로운 꽃의 즙을 따서 그 즙을 티타니아 여왕의 잠든 눈에 바르고 오라고 지시한다. 이 즙을 눈에 바르면 잠에서 깨어났을 때 처음으로 보게 되는 생물을 사랑하게 된다. 그녀는 짐승을 보게 된다. 그래서 그 짐승을 깊이 사랑하게 된다. 다시 오베론은 퍼크에게 명령해서 잠들어 있는 디미트리우스 눈에 꽃즙을 바르고 오라고 지시한다. 그러나 퍼크는 실수를 해서 꽃즙을 라이산더 눈꺼풀에 바르게 된다. 그는 허미아 가까이에서 잠들어 있었다. 헬레나가 잠자는 라이산더를 깨우는데, 그녀를 본 라이산더는 그녀를 쫓아다니면서 사랑을 고백한다. 잠에서 깨어난 허미아는 옆에 라이산더가 없는 것을 알게 된다. 허미아는 라이산더를 찾아 나선다.

3막 : 보톰과 아마추어 극단원 일행은 숲속에서 연습을 하고 있다. 그러나 퍼크가 이들을 놀라게 해서 보톰의 어깨 위에 당나귀 머리를 얹어놓았다. 그러나 보톰은 그의 모습이 변한 것을 알지 못한다. 그는 노래를 하면서 자신만만하게 여기저기 걸어다니며 티타니아의 잠을 깨우려고 한다. 오베론의 꽃즙 때문에 티타니아는 잠에서 깨어나자 처음 본 보톰을 사랑하게 된다. 한편 오베론은 퍼크의 잘못을 시정하기 위해서 잠든 디미트리우스에게 꽃즙을 발라 그가 깨어났을 때 헬레나를 보도록 한다. 디미트리우스와 라이산더는 헬레나의 사랑을 얻기 위해 결투를 시작한다. 오베론의 지시를 받은 퍼크는 디미트리우스와 라이산더를 떼어놓는다. 그가 잠이 들자 퍼크는 라이산더의 눈꺼풀에 꽃즙의 해독제를 발라준다. 허미아와 헬레나도 잠이 든다.

4막 : 오베론은 티타니아와 보톰을 잠들게 하고, 인도 소년을 그녀의 품에서 빼앗아온다. 퍼크는 보톰의 어깨에서 당나귀 머리를 떼어내준다. 그러고 나서 여왕의 잠을 깨운다. 해가 떠오르자 테세우스, 히폴리타, 그들의 일행이 모두 숲속에 모인다. 그들은 잠자는 네 사람의 연인들을 깨운다. 디미트리우스는 헬레나와 결혼하고자 한다. 테세우스는 두 쌍의 연인들이 그와 함께 합동 결혼식을 거행할 것이라고 선언한다. 보톰도 이상한 꿈에서 깨어나 연극 연습에 열중한다.

5막 : 결혼식이 끝난 후, 이들은 보톰이 연출한 연극을 관람한다. 한밤중이 되었을 때, 여섯 명의 연인들은 물러간다. 퍼크가 막을 내린다.

작품 평가
엘리자베스 시대의 세계상에 대해서 틸랴드는 그의 저서 『엘리자베스 시대의 세계상(The Elizabethan World Picture)』(1949)에서 다음과 같이 설명하고 있다. 이 세계는 '신-천사-인간-동물-식물-무생물'로 구성되며, 이 같은 순서대로 어떤 계급을 형성하고 있다. 이 계층을 다시 보면 천사에도 9개 층이 있고, 인간에도 주종, 부자 등의 종속관계가 있으며, 동물에 있어서도 말은 개나 돼지 등보다 상위에 속한다고 되어 있다. 이것은 식물에도 해당되고, 무생물도 물은 흙보다 위요, 루비는 황옥보다 위이며, 금은 황동보다 더 고귀한 존재다. 개개의 창조물은 존재라는 쇠사슬의 일부에 지나지 않는다. 그 쇠사슬은 신의 옥좌 발끝에서 시작되어 무생물의 최하위 존재에까지 연결되고 있다는 것이다.

엘리자베스 시대 사람들의 세계관을 지배하던 이 같은 질서관은 두 가지 의미를 지니고 있다. 그중 하나는 그들이 이 세계를 완전한 통일성을 지니고 있는 부동의 질서 위에 형성되어 있다는 것이고, 또 하나는 이 질서를 깨고 신하가 임금에게 반역한다든지, 아들이 부모에게 등을 돌리면 존재의 쇠사슬에 거역하는 것이고 궁극적으로는 신을 거역하는 대죄를 짓는 것이 된다. 하지만 때는 인간의 해방, 모든 것이 허락되는 가능성의 시대였다. 기존의 질서에서 벗어나고자 몸부림을 치고 있는 그런 시대였다. 이 시대 사람들은 그동안 지켜오던 질서체계가 내적이며 외적인 무질서와 혼돈 때문에 흔들리고 있는 것을 느끼고 있었다. 횡포가 심한 군주나 부모에게 반항하려는 신하들과 자녀들이 간혹 생기는 경우가 있었다. 이 경우 사람들은 기묘한 심리적 반응을 일으키고 있었다. 셰익스피어는 이 같은 인간 심리의 심층을 파고들었다.

〈한여름 밤의 꿈〉에는 세 가지 층의 세계가 있다. 요정계, 귀족과 신사들의 세계, 그리고 직능인들이 사는 세계이다. 엘리자베스 시대 사람들에게는 이 세 가지 세계는 서로 차원이 다른 세계다. 셰익스피어는 이 작품에서 제1막 1장에 귀족과 신사의 세계를, 제2장에 직업인들의 세계, 그리고 제2막 1장에서는 전반을 요정의 세계로 나누어서 무운시(無韻詩), 산문(散文), 압운시(押韻詩) 등의 언어로 또다시 구분해서 각기 독립된 장으로 제시하고 있다. 제2막 1장 후반에서는 요정과 직공들, 제2장에서도 요정과 직공들, 제3막 1장에서는 귀족과 직공들, 제2장에서는 요정과 직공들, 그리고 제4막 1장에서는 요정과 왕비와 당나귀 머리를 쓴 직공 보톰이 등장해서 정사 장면을 만드는 기상천외의 극적 상황이 전개된다. 셰익스피어는 이 장면을 만들고 작품이 완성되었다고 기뻐했을 것이다. 제4막 2장은 귀족 신사, 제5막 1장은 세 계층의 사람들이 모두 등장해서 대단원의 막을 내린다.

이토록 이 작품은 관객들의 질서 감각을 교묘하게 이용하고 미묘한 가치판단의 균형을 유지하면서 세 계층의 세상에서 벌어지는 생활상, 사랑의 문제, 인간의 관계 등을 혼합해서 총체적으로 통일감 있는 드라마로 만들어 나가고 있다. 서론 부분에서 셰익스피어 극작술의 특징이 중층성에 있다는 것을 설명했는데, 그 뜻을 이런 구체적인 사실을 통해 이해할 수 있을 것이다. 문제는 이 세 가지 이질적인 요소를 혼합시킬 수 있는 방법이 무엇인가 하는 점이다. 그것이 바로 '꿈'의 기능이다.

얼핏 보아 이 드라마는 '꽃즙'이 우연하게 일으킨 동화적 꿈 이야기라고 말할 수 있겠지만 자세히 보면 그것은 사랑의 어리석음과 허무함을 풍자한 희극이다. 그러나 다시 이 드라마를 검토해보면 자신이 누구인지 모르는 자아 상실의 소극적(笑劇的) 부조리극이 되지만, 다시 한번 근원을 캐면 인생은 결국 꿈에 지나지 않는다는 셰익스피어의 인생관이

압축된 영혼의 드라마임을 알 수 있다.

이 작품이 더비 백작과 셰익스피어의 후원자였던 옥스퍼드 백작의 딸 레이디 엘리자베스 드 베어의 결혼식을 축하하기 위해 공연된 것을 생각하면 이 작품의 사회적 의미를 결코 소홀히 할 수 없다. 더욱이 어전 (御前)공연이었다. 그 당시 여왕과 허트포드 백작 사이의 불화를 감안하더라도 그렇고, 스코틀랜드 왕 제임스 6세의 비겁함을 풍자한 3막 2장의 연습 장면 등을 보더라도 꿈을 통한 현실의 재조명은 극작가에게 큰 용기가 필요한 것이었고, 그래서 그 일은 셰익스피어 연극이 할 수 있는 예술적 특권이었다.

3) 베니스의 상인

텍스트

최고의 텍스트는 1600년에 나온 첫번째 쿼토판이다.

창작 시기

이 희곡은 1598년 7월 22일 작품 등기소(the Stationer's Register)에 등록되었다. 창작 시기는 1596년부터 1598년 사이로 추정할 수 있다. 창작 연도는 1594년 6월에 있었던 로페즈(Dr. Lopez)의 처형 때까지 올라간다. 또 한 가지 단서는 제1막 1장 27행에서 언급된 스페인의 함선 세인트앤드루인데, 영국의 카디즈 원정 때 나포되었다. 이 소식이 영국에 도달한 것은 1596년 7월이었다.

소재

조바니 피오렌티노(Ser Giovanni Fiorentino)가 1378년에 쓴 이탈리아 소설 『얼간이(Il Pecorone)』와 영국의 스티븐 고센(Stephen Gossen)의 작품 『폭력학교(School of Abuse)』(1579), 그리고 말로의 『말타의 유대인(The Jew of Malta)』 등이 중요한 소재가 된다. 1586년 유대인 의사 로데리고 로페즈는 여왕의 주치의가 되었다. 그 이후 그는 여왕 살해 음모 사건으로 체포되어 1594년 처형되었다. 당대에 있었던 이 사건이 이 작품을 쓰는 데 영향을 끼쳤으리라 추측된다. 1594년 8월 25일 로즈 극장에서 〈베니스의 희극(Venesyon Comedye)〉이라는 작품이 공연되었다. 이 작품이 셰익스피어가 입수한 직접적인 소재원(素材源)이 된다고 추측되는데, 현재 이 작품은 남아 있지 않다. 이 작품은 헨슬로(Henslowe)의 일기에 기록으로 남아 있다.

플롯 시놉시스

1막 : 베니스의 상인 안토니오는 그의 친구 바사니오를 돕기 위해 3천 두카트를 유대인 고리대금업자 샤일록으로부터 빌린다. 바사니오는 품성이 고귀하지만 가난했다. 그리고 그는 벨몬트의 아름다운 처녀 포샤에게 구혼 중이었다. 샤일록은 안토니오에게 무이자로 돈을 빌려준다고 약속했다. 그러나 석 달 안으로 돈을 갚지 않으면 심장에서 가장 가까운데 있는 1파운드의 살점을 몰수한다는 조건이었다. 바사니오는 이 같은 계약 조건이 마음에 들지 않았지만 안토니오는 그의 상선이 두 달 안으로 귀항할 터이니 채무를 이행하는 데 별 문제가 없을 것이라고 말해서 그 조건을 수락했다.

2막 : 포샤의 구혼자 모로코 왕이 벨몬트에 도착한다. 그는 포샤의 지시에 따라 상자를 선택해야 한다. 구혼자들은 금·은·납으로 된 세 가지 상자 가운데서 하나를 선택해야 한다는 것이다. 올바른 상자를 선택한 사람만이 포샤와 결혼할 수 있었다. 바사니오는 돈을 들고 구혼하기 위해 벨몬트로 온다. 그레시아노가 그와 동행했다. 바사니오 곁에는 한때 샤일록의 하인이었던 어릿광대 란슬로트 고보가 있다. 바사니오의 또 다른 친구인 로렌조는 샤일록의 딸 제시카와 사랑의 도피를 감행한다. 그녀는 아버지의 재산을 잔뜩 들고 나왔다. 모로코 왕은 금상자를 선택해서 실패했다. 또 다른 구혼자인 아라곤 왕은 은상자를 선택해서 실패했다. 이때 바사니오의 도착이 알려진다.

3막 : 안토니오의 상선 세 척이 좌초됐다는 소식이 전해진다. 샤일록은 안토니오의 불운을 기뻐하며 채무에 대한 대가를 요구한다. 포샤는 바사니오를 도와서 납상자를 선택하도록 한다. 그녀는 그의 행운을 기념해서 그에게 반지를 선사한다. 그레시아노는 포샤의 하녀 네리사의 사랑을 얻는다. 곧이어 로렌조와 제시카가 등장한다. 이들은 모두의 행운을 기뻐하고 있다. 그러나 안토니오의 불행한 소식이 전달된다. 모든 기쁨이 사라졌다. 포샤는 급히 바사니오와 결혼하고, 그를 베니스로 보낸다. 돈을 갚는다는 약속을 전달하기 위해서다. 그녀와 네리사는 벨몬트에서 기다리기로 한다. 그러나 그들은 곧 젊은 법률가와 서기로 변장한다. 안토니오를 구하기 위해서 그들은 베니스로 출발한다. 안토니오는 샤일록의 마음을 바꾸려고 노력한다. 그러나 고리대금업자는 완강하다.

4막 : 포샤와 네리사가 베니스 법정에 도착한다. 안토니오를 변호하기 위해서다. 바사니오가 빚을 세 배로 갚는다 해도 샤일록은 단호하게 서설한다. 포샤는 샤일록에게 약속대로 살점 1파운드를 잘라내는 것은 좋지만 피를 한 방울이라도 흘리거나 중량을 초과하면 안 된다고 못박는다. 기독교인의 피를 한 방울이라도 흘리게 하면 베니스 법에 의하여 그의 재산은 전부 몰수된다고 말한다. 궁지에 몰린 샤일록은 세 배의 차용금을 받겠다고 요청한다. 그러나 법정은 살점 1파운드만 허락한다고 선언한다. 결국 법정은 샤일록이 선량한 시민의 생명을 위협했기 때문에 샤일록의 재산 가운데서 반은 국가에서 몰수하고, 나머지 반은 안토니오에게 귀속시킨다고 판결한다. 그러나 샤일록의 목숨만은 살려둔다고 관용을 베푼다. 안토니오는 그가 받게 되는 재산은 샤일록이 죽으면 로렌조에게 주기 바란다고 말한다. 포샤와 네리사는 사례금은 받지 않겠지만 바사니오와 그레시아노의 반지를 감사의 표시로 받겠다고 말한다. 두 사람은 반지를 빼주고 벨몬트로 간다.

5막 : 로렌조와 제시카가 벨몬트의 밤을 즐기고 있는 동안 포샤와 네리사는 바사니오와 그레시아노보다 한 발 앞서서 도착한다. 두 남자가 도착했을 때, 두 여인은 그들의 남편들이 결혼 반지를 남에게 주고 온 것에 대해서 짐짓 화를 내는 척한다. 그러다가 포샤는, 변장을 하고 베니스에 간 사실을 이들에게 알려준다. 이들이 서로의 행복한 결말을 축하하고 있는 동안에 안토니오의 배가 무사히 베니스 항구에 도착했다는 소식을 접한다.

작품 평가

〈베니스의 상인〉은 샤일록이 위력을 발휘하는 연극이다. 세익스피어는 샤일록의 성격을 악덕 고리대금업자로 창조했다. 고리대금업은 중세

이후부터 부도덕한 직업으로 간주되었다. 샤일록은 극 초반에서부터 물욕에 찌든 교활한 노인으로 묘사되고 있는데, 그가 맡고 있는 역할이 악역이기 때문에 그는 결국 비극적 종말을 맞게 될 것이라는 것을 당시 관객들에게 암시하고 있는 것이었다. 셰익스피어는 혹독한 이 유대인에게 인간적인 면모를 부여하고자 노력하고 있는데, 그가 무대에 모습을 나타내면 비극적인 정조가 깔리는 것은 어쩔 수 없는 일이다. 그의 딸 제시카가 기독교도와 사랑의 도피를 하고, 그의 종교와 가족이 모멸당하는 국면에서 샤일록은 기독교도들에 대해서 증오심과 복수심을 갖게 된다.

사실 〈베니스의 상인〉은 셰익스피어의 극 가운데서도 특히 종교색이 강한 작품으로 인식되고 있다. 리치먼드 노블(Richmond Noble)은 그의 저서 『셰익스피어의 성서적 지식(Shakespeare's Biblical Knowledge)』에서 다음과 같이 언명하고 있다. "성서로부터의 인용이라는 관점에서 볼 때, 이 작품은 셰익스피어 극 가운데서도 가장 중요한 작품이 된다. 왜냐하면, 이 극 속에는 샤일록의 묘사 가운데에 작가가 성서를 면밀하게 연구한 흔적을 볼 수 있기 때문이다."

우리는 샤일록이 성서로부터 숱한 인용을 하고 있음을 주목해야 한다. 또한 셰익스피어가 유대인 샤일록을 묘사하는 데 있어서 성서로부터의 인용을 어떻게 이용하고 있는지에 대해서도 면밀한 관찰이 필요하다. 이런 사실을 규명하면서 우리는 이 작품의 주제가 어디에 있는지에 대해서도 연구해보아야 한다.

우선 발견되는 성서의 언급은 1막 3장의 '야곱과 라반의 이야기' '아버지 에브라함', 2막 5장의 '야곱의 지팡이' '하갈의 아들', 4막 1장의 '다니엘 님이 재판하러 오신다' 등 구약성서의 언급과 1막 3장의 '나자

렛의 예언자가 마술을 써서 악마를 그 속에 밀어 넣었다', 2막 5장의 '방탕자 기독교도', 4막 1장의 '바라바의 자손' 등 신약성서로부터의 언급이 있음을 알게 된다. 성서에 대해 샤일록 이상으로 많이 언급하고 있는 인물은 포샤인데, 그녀의 언급은 4막 1장의 재판 장면에서 자비심을 찬양하는 대목에서 이루어지고 있음을 알 수 있다.

이 같은 성서의 언급은 이 작품의 주제와 밀접한 관계를 맺고 있는데, 그 주제를 우리는 두 가지 근원적인 대립의 존재에서 확인할 수 있다. 그 대립의 한쪽에 샤일록이 있다. 그는 '법'과 '재판'을 대변하고 있다. '눈에는 눈, 이에는 이'라는 복수의 원리에 입각해서 계약문서를 내세우며 (3막 3장) 완고하고 엄격한 태도를 견지하고 있다. 이같은 샤일록의 태도는 생명을 부여하는 영혼의 발동이 아니고, 생명을 죽이는 살의를 품고 있다. 또 하나의 대립적 존재인 포샤는 '희생'과 '자비'를 대변하고 있다. 처벌을 요구하는 샤일록에 대해서 포샤는 신의 가르침을 언급하며 자비심을 찬양하는 유명한 대사를 전달하고 있다. 안토니오를 재판하는 장면에서 이 같은 두 대립적인 존재의 충돌이 명백하게 그려지고 있다.

메인 플롯에서 볼 수 있는 이 같은 대립의 반영은 서브 플롯의 구조 속에서도 확인할 수 있다. 란슬로트 고보가 처음으로 무대에 등장해서 양심과 악마에 관해서 말하고 있는 대목에서 특히 잘 나타나고 있다. 란슬로트는 '유대인인 전 주인(샤일록)을 피해', '기독교도인 새 주인(바사니오)' 한테 왔다고 하면서 무대에 나타난다. 란슬로트의 이 같은 행위는 나중에 제시카가 로렌조와 도망가는 사건의 전조라고 할 수 있다. 악마의 노예였던 란슬로트는 하느님의 은혜로 떳떳한 인간으로 탈바꿈되며, 낡은 율법에 묶여 있던 유대인의 딸 제시카는 새로운 율법 속에서 기독교도의 신부가 되는 드라마가 〈베니스의 상인〉이다.

〈베니스의 상인〉에서 다루는 또 다른 주제는 사랑과 우정이다. 이 극에는 바사니오와 포샤의 이지적 사랑이 있는가 하면, 로렌조와 제시카의 로맨틱한 사랑도 있다. 안토니오와 바사니오의 아름다운 우정이 있고, 란슬로트 고보 부자의 어릿광대 웃음거리도 있으며, 포샤가 주관하는 상자 선택의 게임이나 인육 재판의 아슬아슬한 이야기도 있다. 이들 플롯들이 그 나름대로 드라마를 발전시키고 있으며, 그 드라마의 흐름에 따라 작중의 주인공이 바뀌는 복수(複數) 주인공의 양상을 지니고 있다. 셰익스피어 초기 희극의 특징인 중층성의 현상인데, 이 경우는 한가지 액션으로 주제나 인물을 통합시키는 일이 불가능해지고 플롯이나 인물이 다양해진다. 이 같은 유형의 작품에서는 인간과 세계를 보는 극작가의 관점과 감성이 중요하다. 그 관점은 리얼리즘이요, 그 감성은 희극적이다. 리얼리즘의 시각은 날카로운 현실 비판이 되고, 대립과 갈등의 플롯을 전개시킨다. 희극적 감성은 자비와 관용과 사랑의 아름다움을 고양시키면서 서로 반목하는 두 세계의 화해를 유도한다.

샤일록은 엘리자베스 시대 사람들의 증오의 대상이었다. 당시 유대인 문제에 관해서는 세 가지 측면에서 보아야 한다. 첫째는 1290년 에드워드 1세가 공포한 유대인 추방령이 그 당시에는 아직도 유효했다는 사실이다. 이들의 국내 거주가 허락된 것은 1650년 크롬웰 시대에 이르러서였다. 두 번째는 이들 대부분의 국내 거주 유대인들이 고리대금업을 하고 있었다는 사실이다. 그 당시 영국인들은 안토니오의 경우에서 알 수 있듯이 이자 받고 돈 빌려주는 일을 죄악시했다. 하지만 때로는 불가피하게 유대인으로부터 돈을 빌리는 일이 생겼다. 그러나 그것은 죄악감이 수반되는 일이었고, 그 감정이 굴절되어 유대인 증오의 감정으로 발전되었다. 세 번째는 엘리자베스 여왕의 시의(侍醫)였던 유대계 포르투갈인 로더리고 로페즈의 여왕 암살 계획의 발각이다. 이 사건은 엘리자베스 시대 영국인들에게 반유대인 감정을 폭발시켰다. 이런 연유로 안토니오 · 바사니오 · 포샤 등의 주인공군(主人公群)과 샤일록의 대결은 인종 · 종교 · 경제의 차원을 넘는 갈등으로 발전되어 우정과 사랑의 세계와 증오와 복수의 세계와의 충돌의 드라마가 형성된 것이다. 이 충돌은 인간의 건강하고 밝은 면과 병들고 어두운 면이 서로 부딪치는 투쟁이라 할 수 있다.

셰익스피어는 〈베니스의 상인〉을 통해 인생에는 사랑과 미움이 있고, 꿈과 법이 있으며, 웃음과 비통함까지도 함께 있다는 사실을 우리들에게 깨닫게 해주고 있다. 끝으로 언급하고 싶은 것은 두 개의 대립되는 이질 공간인 베니스와 벨몬트의 배경 설정이다. 현실과 꿈, 법과 사랑의 두 공간이 지리적으로 구분되고 있는 점이 희극적 복합구조에 도움을 준다. 항구 베니스는 해가 떠 있는 생존경쟁의 장(場)이요, 벨몬트는 달빛이 가득 찬 사랑의 장(場)인 것이다.

4) 당신이 좋으실 대로

텍스트

가장 권위 있는 텍스트는 첫번째 폴리오판(1623)이다.

창작 시기

1599년 후반부터 1600년 전반에 창작되었다고 추정하고 있다. 이때는 셰익스피어가 〈십이야〉(1600), 〈줄리어스 시저〉(1599) 등의 명작을 쓰던 시기였는데 4대 비극의 시기가 목전에 다가오고 있었다. 〈햄릿〉은 1601년이었다.

소재

직접적인 소재원은 토마스 로지(Thomas Lodge)의 소설『로잘린드, 유푸스의 황금유산(Rosalynde, Euphues' Golden Legacie)』(1590)이다. 그러나 셰익스피어는 등장인물의 이름을 바꾸고 제이퀴즈, 터치스톤, 오드리, 윌리엄, 올리버 마텍스트 등의 인물을 새로 창조해냈다. 로지의 소설에 등장하는 로잘린드는 드라마 속의 인물과 같고, 소설 속의 로자다가 드라마 속의 올랜도이다. 줄거리는 아주 비슷하다. 그러나 셰익스피어가 이 소설을 토대로 해서 희곡을 썼을 때, 그 작품에 등장하는 인물들은 생동감에 넘치게 되고, 드라마의 중요 무대가 되는 '아든 숲'은 생명의 숨결을 뿜게 된다.

플롯 시놉시스

1막 : 롤런드 드 보이스 경의 장남인 올리버는 그와 그의 동생들에게 건네진 유산을 막냇동생인 올랜도의 교육비와 양육비에 사용하는 것을 거절한다. 올랜도는 이 상황에 불만이다. 올랜도는 씨름꾼 찰스에게 도전한다. 형 올리버는 이 일에도 냉담하다. 찰스는 프레드릭 공작의 최고 씨름꾼이다. 공작의 경기장에 나온 로잘린드를 실리아가 위로하고 있다. 왜냐하면 로잘린드의 아버지 노공작이 프레드릭 공작에 의해 추방되어 아든 숲속에서 외롭게 살고 있기 때문이다. 올랜도가 씨름에서 찰스를 물리친다. 프레드릭 공작은 올랜도가 옛 정적인 유형당한 공작의 아들인 것을 알고 축하해주지도 않고 오히려 로잘린드를 추방시킨다. 로잘린드가 쫓겨나면 그녀도 함께 가겠다고 실리아는 막무가내다. 두 여인은 아든 숲으로 가기 위해 준비한다. 이들은 로잘린드의 아버지를 찾아 나선 것이다. 안전을 위해 로잘린드가 남장을 한다. 익살꾼 터치스톤이 이들과 동행한다.

2막 : 아든 숲에 은거하는 노공작은 이 낙원의 우두머리요 철학자이다. 그는 도시와 문명 그리고 궁전을 떠나 전원생활을 즐기고 있다. 실리아의 동반 가출을 알게 된 프레드릭 공작은 즉시 명령을 내려 이들을 다시 불러오도록 한다. 여인의 가출을 도와주었다는 누명을 쓴 올랜도 때문에 그의 형 올리버도 처벌 직전의 위기에 처한다. 올랜도도 숲을 향해 떠난다. 오랜 시간이 지난 다음 여인들과 올랜도는 아든 숲에 도착한다. 가니메데와 앨리나로 이름을 바꾼 이들 여인들은 양치기 코린의 도움으로 양치기 농부로 변신한다. 올랜도는 굶은 탓으로 분별력을 잃고 칼을 빼들고 공작의 추종자들로부터 음식을 빼앗으려고 하지만 오히려 이들의 초대를 받고 음식을 제공받는다.

3막 : 궁으로 돌아온 프레드릭 공작은 올리버의 전 재산을 몰수하도록 지시한다. 가출한 여인들에 관한 정보를 갖고 오면 처벌을 면제한다고 그에게 통고한다. 올랜도는 숲속에서 시인이 되었다. 그는 사랑에 빠졌다. 그는 로잘린드를 찬양하는 시를 써서 나무에 걸어둔다. 로잘린드는 숲속에서 이 시를 발견하고 올랜도가 그녀를 사랑한다는 것을 알게 되었다.

가니메데로 분장한 로잘린드는 숲속에서 올랜도를 만난다. 가니메데는 그의 상사병을 고쳐주겠다고 말한다. 올랜도는 그 제안을 받아들인다. 터치스톤은 시골 처녀 오드리와 사랑에 빠졌다. 가니메데는 올랜도의 상사병 치료를 하기 위해 그를 숲속에서 기다리고 있다. 그는 나타나지 않는다. 가니메데는 코린의 초청을 받고 양치기 실비우스가 사랑의 반응이 없는 피비에게 구애(求愛)하는 광경을 보러 간다. 로잘린드는 피비가 애인에게 너무 냉혹하게 행동한다고 나무란다. 그러나 피비와 실비우스의 사랑을 성사시키려다가 로잘린드는 피비의 사랑을 받게 된다(로잘린드는 남장을 하고 있다).

4막 : 올랜도가 한 시간 늦게 도착한다. 그러나 그는 가니메데로부터 사랑의 교습을 받기를 갈망한다. 두 번째 교습을 받기로 한 날에도 올랜도는 늦게 왔다. 그 사이에 가니메데는 피비로부터 편지를 받는다. 가니메데는 그 편지를 실비우스에게 읽어주고 피비가 그를 얼마나 우습게 알고 있는지 알려준다. 올랜도는 교습을 받으러 오는 길에 형 올리버가 나무 그늘 아래서 잠들어 있는 것을 보았는데, 그 순간 뱀과 사자가 그의 목숨을 노리고 있었다. 올랜도는 그의 형의 목숨을 구했지만 자신은 상처를 입었다. 올랜도는 올리버를 가니메데에게 보내 자신이 늦는 이유를 설명하도록 했다. 올리버가 갖고 온 피묻은 수건을 보고 로잘린드는 실신한다.

5막 : 두 형제들은 이제 다시 만나게 되었다. 올리버는 실리아를 사랑하게 되었다. 그는 그녀와 결혼하고 싶었다. 더욱이 그는 올랜도에게 그의 저택을 넘겨주겠다고 말한다. 그러나 올랜도에게 로잘린드가 없는 세상은 의미가 없었다. 다음 날, 노공작이 종신들을 거느리고 나타났다. 네

쌍의 연인들도 결혼하기 위해 모였다. 로잘린드와 올랜도, 올리버와 실리아, 실비우스와 피비, 터치스톤과 오드리. 이때 반가운 소식이 전해졌다. 프레드릭 공작이 아든 숲으로 오다가 개과천선하여 구도의 길에 들어섰다는 전갈이었다. 그는 몰수한 재산을 전부 돌려준다고 언명했다. 행복한 결혼을 축하하는 춤판을 끝으로 연극은 막을 내린다.

작품 평가

로잘린드와 실리아는 셰익스피어가 창조한 여성 성격 가운데서도 아주 이상적이며 매력적인 여인이다. 로잘린드는 포샤를 닮아 기지에 넘치고, 솔직하고, 쾌활한 여성이다. 실리아는 귀엽고, 착하고, 성실한 여성이다. 올랜도나 올리버, 터치스톤, 두 공작들 — 이 모든 인물들은 두드러진 성격을 지닌 독자적 성격의 인물은 되지 못하지만, 모든 인물이 '아든의 숲'이 지니고 있는 자연의 특성을 갖고 있다. "이 작품의 주인공은 누구인가, 그리고 주제는 무엇인가, 그리고 작품의 성격은 어떤 것인가"라고 물으면 답변은 "아든 숲"이라고 말할 수밖에 없는 그런 전원 목가극이 바로 〈당신이 좋으실 대로〉이다.

희곡의 구성도 단순하다. 공작 집안의 싸움, 드 보이스 가문의 형제 싸움, 올랜도와 로잘린드의 사랑 등 세 가지 스토리가 실오라기처럼 서로 엉켜 있다. 숲속에서의 사랑 이야기가 큰 줄기를 이어가고 있지만, 사소한 이야기들, 예컨대 씨름 시합, 가정의 분쟁, 충복 애덤의 등장과 돌연한 소멸, 아든 숲속의 사자, 프레드릭 공작의 석연치 못한 돌발적인 행동, 실리아와 올리버의 돌발적이고도 기묘한 사랑, 로잘린드의 남장과 사랑놀이 등이 주제와 어떻게 관련되어 메인 액션을 구축해 나가는

지 알 수 없을 지경이다. 제2막 7장에서 우울한 귀족 제이퀴즈는 어떤 플롯에도 관여하지 않지만 수시로 중요한 발언을 하고 있다. "세계는 하나의 무대……." 이 대사는 무엇을 의미하며, 그의 극적 기능은 무엇인가. 이에 대한 해답은 깊고 난해하다.

그러나 한 가지 분명한 것은 작중의 중요한 인물들이 모두 사랑에 관련되어 있다는 사실이다. 네 쌍의 연인들이 결혼을 하고 두 쌍의 형제들이 화해를 하는 동안 아든 숲은 불가사의한 마술적 작용을 하고 있다. 이 신비로운 푸른 숲속에서 인간들은 각자 자신을 새로운 '눈'으로 다시 보게 되고 변신을 거듭하게 된다. 슈레겔(A. W. Schulegel)의 작품평은 이 점에서 감동적이다. "나무 그늘 속에서 어떤 사람은 운명의 변전(變轉), 세상의 부정, 그리고 사회생활의 고통에 대해서 울적한 심정으로 명상해볼 수 있다. 또 어떤 사람은 사교적인 노래와 축제의 음악으로 숲속을 가득 채울 수도 있다. 사리사욕과 시기심과 야욕은 도시 저편에 놔두고 왔다. 모든 인간의 열정 가운데서 오로지 사랑만이 이 숲속의 길을 찾아올 수 있다." 바로 이것이다. 〈당신이 좋으실 대로〉는 사랑의 묘약을 얻는 인간의 드라마이다. 인간들은 이 숲속에서 사랑과 미움을, 지혜와 어리석음을, 웃음과 눈물을, 비관주의와 낙천주의를 남자와 여자를 뒤섞는다. 그것은 꿈같은 일이다. 그 꿈속에서 자신의 진정한 아이덴티티를 찾고 애정을 나누고, 우정을 가꾼다. 이 얼마나 황홀한 일인가. 아든 숲은 그래서 영원히 존재한다. 셰익스피어의 이 명작이 그의 작품 가운데서 가장 달콤한 행복감을 안겨주는 이유가 여기에 있다.

이태주

연도	윌리엄 셰익스피어	시대 배경
1564 (0세)	4월 23일 출생. 4월 26일, 존과 메리의 장남으로서 세례 받음.	C. 말로 탄생. 갈릴레오 탄생. 미켈란젤로 사망.
1565 (1세)	7월 4일 존, 스트랫퍼드 시참사위원(alderman)으로 피선(被選). 9월 12일 임명.	『지혜의 보고』의 저자 프랜시스 미아즈 탄생.
1566 (2세)	10월 13일, 존과 메리의 차남 길버트 세례.	해군대신극단 대표배우 에드워드 아렌 탄생.
1568 (4세)	9월 4일 존, 스트랫퍼드 시장(bailiff)에 선출됨.	메리 스튜어트 폐위. 영국에서 유폐됨.
1569 (5세)	4월 15일, 존과 메리의 다섯 번째 아이 조앤(Joan) 세례.	여왕극단, 우스터백작극단 스트랫퍼드에서 공연.
1571 (7세)	이즈음 윌리엄은 문법학교 킹즈 뉴 칼리지에 입학. 9월 28일 4녀 앤 세례 받음.	윌리엄 세실 경, 벌리 경이 됨.
1574 (10세)	3월 11일, 존과 메리의 일곱째 아이 리처드 세례. 전염병으로 런던 공연 금지.	5월 10일 레스터경극단이 왕실의 후원을 받음.
1575 (11세)	존, 스트랫퍼드에 정원과 과수원이 있는 두 채의 집을 40파운드로 구입. 윌리엄은 아마도 케닐워스의 축제를 봤을 것이다. 〈한여름 밤의 꿈〉에 반영되어 있다.	7월, 엘리자베스 여왕, 케닐워스 성 방문.
1576 (12세)	존, 문장(紋章) 허가 신청. 이때부터 존은 마을 의회 결석이 잦음. 군비 의연금도 미납.	제임스 버비지의 상설극장 '시어터(The Theatre)'가 쇼어디치에 건립됨.
1577 (13세)	존, 이때부터 재정적 어려움 때문에 공식회의 불참.	커튼극장 건립. 홀린셰드, 『연대기』 초판 발행.
1578 (14세)	11월 14일, 존은 부인의 유산 일부인 윌름코트의 집과 토지를 담보로 의형 에드먼드 란바트의 돈 40파운드 차입.	8월 24일, 존 스톡우드가 설교 중에 극장 비난.

연도	윌리엄 셰익스피어	시대 배경
1579 (15세)	4월 4일, 4녀 앤 매장. 존, 스니타필드의 토지를 4파운드에 매각.	노스 역 『플루타르크영웅전』 출판. 존 플레처 탄생.
1580 (16세)	5월 3일, 4남(여덟 번째 아이) 에드먼드 세례. 존, 치안유지법 위반으로 20파운드의 벌금 지불.	『영국연대기』 출판.
1581 (17세)	8월 3일, 랭커셔에 사는 알렉산더 호턴의 유언장에 '배우 윌리엄 셰익스피어'에게 연금 2파운드를 남긴다는 기록이 있음. 윌리엄의 이름이 최초로 문서에 기록.	10월, 6세의 헨리 리즐리가 3대째의 사우샘프턴 백작이 됨.
1582 (18세)	11월 27일, 윌리엄, 8세 연상의 앤 해서웨이와 결혼.	버클레이경극단, 스트랫퍼드에서 공연. 에든버러대학 창립
1583 (19세)	5월 26일, 윌리엄과 앤의 장녀 수재나 세례.	옥스퍼드백작극단, 우스터백작극단 등이 스트랫퍼드에서 공연.
1585 (21세)	2월 2일, 쌍둥이 햄닛과 주디스 세례.	제임스 버비지, 커튼극장의 경영권 장악.
1586 (22세)	9월 6일, 존, 시위원에서 해임. 윌리엄, 런던행(?).	여왕극단, 레스터백작극단이 스트랫퍼드에서 공연.
1587 (23세)	6월 13일에 발생한 상해 사건으로 결원을 채우기 위해 윌리엄이 여왕극단에 가입한 가능성 있음.	헨슬로, 로즈극장 건립. 홀린셰드, 『연대기』 제2판 간행.
1588 (24세)	윌름코트 토지가옥 변제를 청구하면서 윌리엄이 란바트에 소송 제기.	레스터 백작 사망. 영국 해군, 스페인 무적함대 격파. 리처드 탈턴 매장(9월 3일).
1589 (25세)	윌리엄, 스트랑경극단과 해군대신극단이 합병해서 만든 극단에 관계함.	로버트 그린의 『Menaphon』에 쓴 토머스 내시의 서문에 〈원햄릿(Ur-Hamlet)〉이 언급됨.
1592 (28세)	윌리엄 그린의 책 『문(文)의지혜』(9월 20일 출판등록)에서 윌리엄을 비난하는 문구 '벼락출세한 까마귀(upstartcrow)' 발견.	6월, 극장 폐쇄. 9월 3일 그린 사망. 에드워드 알레인, 헨슬로의 양녀와 결혼해서 헨슬로와 동업자가 됨.

연도	윌리엄 셰익스피어	시대 배경
1593 (29세)	사우샘프턴 백작에게 〈비너스와 아도니스〉 헌정. 출판등록 4월 18일. 같은 해에 4절판으로 등록. 〈타이터스 앤드로니커스〉 집필. 〈말괄량이 길들이기〉 집필. 〈루크리스의 능욕〉 집필.	극작가 크리스토퍼 말로 살해당함(5월 30일). 전염병으로 윌리엄이 소속된 펜브루크백작극단이 어려움을 겪음.
1594 (30세)	윌리엄, 궁내대신소속극단에 단원으로 참가. 〈타이터스 앤드로니커스〉 출판 등록(2월 6일). 동년에 양(良)사절판으로 출판. 로즈극장에서 공연(1월 23일). 〈헨리 6세 2부〉 출판 등록(3월 12일). 동년에 악(惡)사절판 출판. 〈루크리스의 능욕〉 출판 등록(5월 9일). 동년 양사절판으로 출판. 〈실수 연발〉 그레이 법학원에서 공연(12월 28일). 〈베로나의 두 신사〉 집필. 〈사랑의 헛수고〉 집필. 〈로미오와 줄리엣〉 집필. 〈말괄량이 길들이기〉 공연(6월 13일).	1592년부터 이래로 폐쇄되었던 정규공연이 6월에 시작됨. 스트랫퍼드 대화재(9월 22일). 헨리 거리의 셰익스피어의 가옥도 피해를 입음. 펜브루크백작극단 해체(12월 28일). 6월 7일에 유대인 의사 로더리고 로페즈가 여왕 암살 용의로 처형됨.
1595 (31세)	3월 15일에 전년 12월의 어전공연에 대한 지불명부에 20파운드의 액수와 간부단원 윌리엄의 이름이 기록됨.	9월, 스트랫퍼드 화재. 〈리처드 2세〉 또는 〈리처드 3세〉 공연(12월 9일). 프랜시스 랭글리, 펜브루크백작극단의 본거지인 스완극장 건립.
1596 (32세)	8월 11일, 장남 햄닛 매장(11세). 10월 20일에 존, 문장 사용 허가받음. 윌리엄, 비숍게이트의 세인트헬렌에 거주(10월).	스완극장에서 네덜란드의 관광객 한니스 드 위트가 관객을 3천 명으로 추산. 2월 4일에 제임스 버비지가 블랙프라이어즈극장을 600파운드로 구입.
1597 (33세)	5월 4일에 윌리엄, 스트랫퍼드에서 가장 아름답고 두 번째로 큰 '뉴 플레이스' 저택을 60파운드에 구입. 〈윈저의 즐거운 아낙네들〉 공연(4.22~23). 〈리처드 2세〉 출판등록(8.29), 동년 양사절판 출판. 〈리처드 3세〉 출판 등록(10.20), 동년 양과 악의 중간사절판 출판. 〈헨리 4세 1부, 2부〉 집필(1597~1598). 〈사랑의 헛수고〉 공연.	2월 2일 제임스 버비지 매장.

연도	윌리엄 셰익스피어	시대 배경
1598 (34세)	〈헨리 4세 1부〉 출판 등록(2.25). 출판. 〈베니스의 상인〉 출판 등록(7.22). 윌리엄, 벤 존슨의 〈각인각색〉에 출연(9.20 이전). 〈사랑의 헛수고〉 양사절판 출판(12월). 〈헛소동〉 집필(1598~1599). 〈헨리 5세〉 집필(1598~1599)	재상 윌리엄 세실 사망. 프랜시스 미어스의 수기 『지식의 보고』 출판(9.7). 이 책에는 윌리엄에 관한 여러 가지 언급이 있음.
1599 (35세)	2월 21일, 윌리엄, 주주의 한 사람으로서 글로브극장 건설 운영에 관한 계약서 작성. 세인트 헬렌에 보관된 세금 관계 서류에 윌리엄의 이름 있음. 글로브극장 개장. 〈줄리어스 시저〉 집필. 글로브극장에서 공연(9.21). 〈로미오와 줄리엣〉 양사절판 출판. 〈당신이 좋으실 대로〉 집필(1599~1600). 〈십이야〉 집필(1599~ 1600).	시인 에드먼드 스펜서 사망. 풍자문학 금지(6.1). 에식스 백작의 아일랜드 원정 실패.
1600 (36세)	〈당신이 좋으실 대로〉 등록(8.4), 출판 보류. 〈헛소동〉 등록(8.4). 양사절판 출판(10월). 〈헨리 4세 2부〉 등록(8.23). 양사절판 출판. 〈헨리 5세〉 등록(8.23). 악사절판 출판. 〈한여름 밤의 꿈〉 등록(10.8). 템스강 남안(南岸) 크린크 지구 납세자 리스트에 13실링 4펜스 미납 기록.	동인도회사 설립. 헨슬로, 520파운드를 들여서 포춘극장 건립.
1601 (37세)	부친 존 사망. 9월 8일 매장. 궁내대신극단이 에식스 백작 일당의 요청에 의해 왕위 찬탈극 〈리처드 2세〉 글로브극장에서 공연(2.7). 〈십이야〉 궁전에서 공연(1.6). 〈햄릿〉 집필(1601~1602). 〈트로일로스와 크레시다〉 집필(1601~1602).	2월 8일, 에식스 백작, 런던에서 반란 일으키다 체포되어 사형됨(2.25). 사우샘프턴 사형 면함.
1602 (38세)	5월 1일 윌리엄, 스트랫퍼드에 107에이커의 토지를 320파운드로 구입. 윌리엄, 런던 크리플게이트에 하숙. 〈윈저의 즐거운 아낙네들〉 등록(1.18). 악사절판 출판. 〈햄릿〉 등록(7.26). 〈끝이 좋으면 다 좋다〉 집필(1602~1603).	

연도	윌리엄 셰익스피어	시대 배경
1603 (39세)	5월 19일, 궁내대신극단이 국왕극단이 되다(5.19). 〈트로일로스와 크레시다〉 등록(2.7). 〈햄릿〉 악사절판 출판.	엘리자베스 여왕 사망(3.24). 튜더 왕조 끝남. 제임스 1세 즉위하여 스튜어트 왕조 출범. 3월 19일 전염병으로 극장 1년간 폐쇄.
1604 (40세)	〈오셀로〉 집필. 11월 1일 궁정에서 공연. 〈자에는 자로〉 집필(1604~1605). 12월 26일 궁전에서 공연. 〈햄릿〉 양사절판 출판. 〈윈저의 즐거운 아낙네들〉 궁정에서 공연(11.4).	4월 9일, 극장 개관. 제임스 1세 스페인과 화평 체결.
1605 (41세)	국왕극단이 〈헨리 5세〉를 궁정에서 공연(1.7). 국왕극단이 〈베니스의 상인〉을 궁정에서 공연(2.10). 〈리어 왕〉 집필(1605~1606).	11월 15일, 가이 포크스의 의사당 폭파 음모사건(화약음모사건) 발각. 레드불극장 개관.
1607 (43세)	6월 5일 장녀 수재나, 의사 존 홀과 결혼(6.5). 〈리어 왕〉 출판등록(11.26). 〈코리올레이너스〉 집필. 〈아테네의 타이몬〉 집필. 〈맥베스〉 아마도 햄프턴코트에서 덴마크 왕 크리스찬 4세 방문을 기념해서 공연(8.7). 〈햄릿〉 영국 함선 드래곤호 선상에서 공연. 12월 31일 윌리엄의 동생 배우 에드먼드 셰익스피어 매장(12.31).	7월~11월,전염병으로 극장 폐쇄.
1608 (44세)	수재나의 장녀 엘리자베스 출생(2.8.세례). 모친 메리 사망(9.9. 매장). 〈안토니와 클레오파트라〉 등록(5.20). 〈리어 왕〉 양과 악의 중간판본 출판. 〈페리클레스〉 집필(1608~1609), 등록(5.20).	시인 존 밀턴 출생. 8월 9일, 국왕극단이 블랙프라이어즈 극장 임대권 매입.
1610 (46세)	윌리엄, 고향에 은퇴. 〈겨울 이야기〉 집필(1610~1611).	2월, 제임스 1세 의회 폐쇄.
1611 (47세)	〈심벨린〉 관극(4월 하순) 기록(점성가 사이먼 포맨). 〈겨울 이야기〉 글로브극장에서 공연(5.15). 〈템페스트〉 집필(1611~1612). 동년 궁정에서 공연(11.1).	흠정(欽定)영역성서 출판.
1612 (48세)	〈헨리 8세〉 집필(1612~3).	태자 헨리 사망.

연도	윌리엄 셰익스피어	시대 배경
1613 (49세)	2월 4일 동생 리처드 매장. 런던 블랙프라이어즈 지구에 140파운드를 들여 게이트 하우스(Gate-House) 구입.	〈헨리 8세〉 공연 중(6.29) 글로브극장 소실. 곧 재건립 착수.
1614 (50세)	글로브극장 6월 준공(1400파운드 소요됨).	호프극장 건립.
1615 (51세)	〈리처드 2세〉(제5쿼토판) 출판(90월).	조지 채프먼이 호메로스의 『오디세이』 완역.
1616 (52세)	1월 26일경, 윌리엄 유언장 작성. 차녀 주디스가 토머스 퀴니와 결혼(2.10). 유언장 수정, 서명(3.25). 4월 23일 윌리엄 셰익스피어 사망. 스트랫퍼드 홀리 트리니티교회에 매장(4.25). 11월 23일, 토머스와 주디스의 아들 셰익스피어 세례. 『루크레스의 능욕』 출판.	1월 6일 헨슬로 사망.
1623	8월 6일, 윌리엄의 아내 앤 사망(67세). 11월 8일 윌리엄의 전집 첫 폴리오판이 셰익스피어의 동료배우들인 존 헤밍스와 헨리 콘델에 의해 출판.	

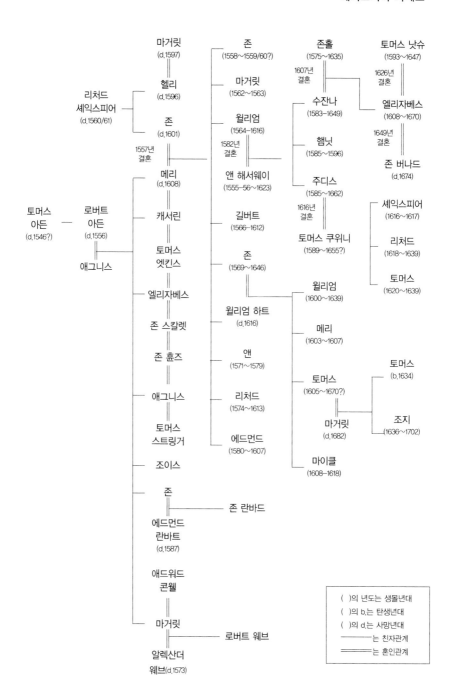

장미전쟁 역사극의 가계도

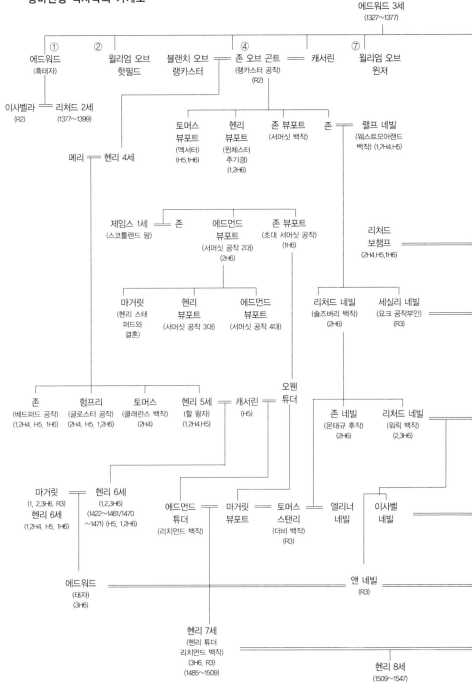

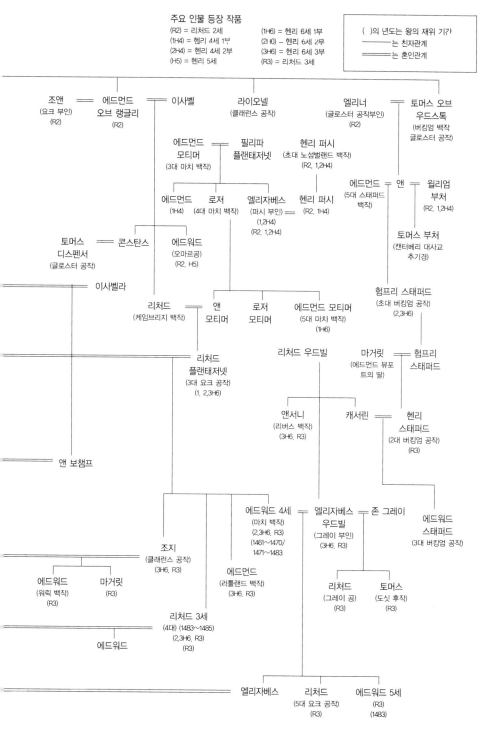

주요 인물 등장 작품
(R2) = 리처드 2세
(1H4) = 헨리 4세 1부
(2H4) = 헨리 4세 2부
(H5) = 헨리 5세
(1H6) = 헨리 6세 1부
(2H0) = 헨리 6세 2부
(3H6) = 헨리 6세 3부
(R3) = 리처드 3세

( )의 년도는 왕의 재위 기가
─── 는 친자관계
═══ 는 혼인관계

조앤
(요크 부인)
(R2)

에드먼드
오브 랭글리
(R2)

이사벨

라이오넬
(클래런스 공작)

엘리너
(글로스터 공작부인)
(R2)

토머스 오브
우드스톡
(버킹엄 백작
글로스터 공작)

에드먼드
모티머
(3대 마치 백작)

필리파
플랜태저넷

헨리 퍼시
(초대 노섬벌랜드 백작)
(R2, 1,2H4)

에드먼드
(5대 스태퍼드
백작)

앤

윌리엄
부처
(R2, 1,2H4)

에드먼드
(1H4)

로저
(4대 마치 백작)

엘리자베스
(퍼시 부인)
(1,2H4)

헨리 퍼시
(R2, 1H4)
(R2, 1,2H4)

토머스 부처
(캔터베리 대사교
추기경)

토머스
디스펜서
(글로스터 공작)

콘스탄스

에드워드
(오마르공)
(R2, H5)

험프리 스태퍼드
(초대 버킹엄 공작)
(2,3H6)

이사벨라

리처드
(케임브리지 백작)

앤
모티머

로저
모티머

에드먼드 모티머
(5대 마치 백작)
(1H6)

리처드
플랜태저넷
(3대 요크 공작)
(1, 2,3H6)

리처드 우드빌

마거릿
(에드먼드 뷰포
트의 딸)

험프리
스태퍼드

앤서니
(리버스 백작)
(3H6, R3)

캐서린

헨리
스태퍼드
(2대 버킹엄 공작)
(R3)

앤 보챔프

에드워드 4세
(마치 백작)
(2,3H6, R3)
(1461~1470/
1471~1483)

엘리자베스
우드빌
(그레이 부인)
(3H6, R3)

존 그레이

에드워드
스태퍼드
(3대 버킹엄 공작)

조지
(클래런스 공작)
(3H6, R3)

에드먼드
(러틀랜드 백작)
(3H6, R3)

리처드
(그레이 공)
(R3)

토머스
(도싯 후작)
(R3)

에드워드
(워릭 백작)

마거릿
(R3)

리처드 3세
(4대) (1483~1485)
(2,3H6, R3)
(R3)

에드워드

엘리자베스

리처드
(5대 요크 공작)
(R3)

에드워드 5세
(R3)
(1483)

영국 왕가 족보 (1)

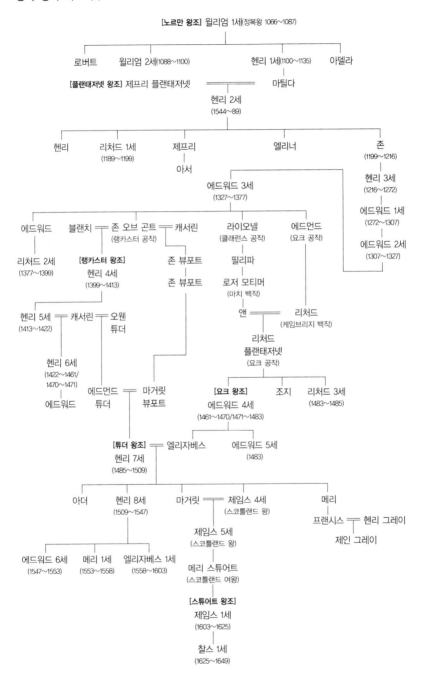

영국 왕가 족보 (2)

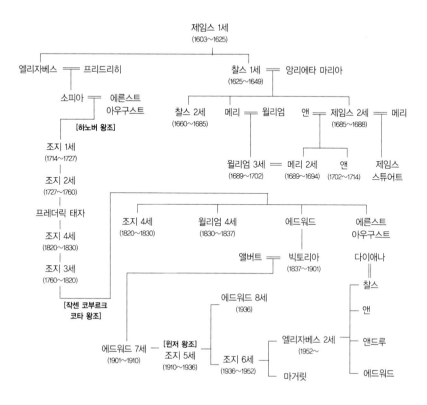